チョウセンアサガオの咲く夏

角川文庫
24138

CONTENTS

チョウセンアサガオの咲く夏　7
泣き虫の鈴《みす》　17
サクラ・サクラ　59
お薬増やしておきますね　71
初孫　83
原稿取り　95

愛しのルナ 107
泣く猫 117
影にそう 139
黙れおそ松 149
ヒーロー 171
解説 吉田大助 227

チョウセンアサガオの咲く夏

わずかに風が吹き、軒先で風鈴が鳴った。

畳に膝《ひざ》をついていた平山《ひらやま》は、耳から聴診器を外すと膝を三津子《みつこ》に向けた。

「熱も下がったし、脈も正常じゃけ心配いらん。よく眠れる薬も出しておいたから、少しは気も落ち着くじゃろう。じゃが、頭の方ばかりはどうにも。歳には誰も勝てんからなあ。まあ、わしも間もなくじゃがのう」

平山は苦笑いを浮かべた。母の芳枝《よしえ》は今年で七十二歳になる。芳枝は昨夜から意味不明のことを口にしながら、家の中を徘徊《はいかい》した。ここ数年でめっきり弱った脚は、四十キロ足らずの体重さえ支えきれず、母は廊下で転倒した。

それにしても、と平山は三津子に目を細めた。

「三津子ちゃんはほんとに偉いなあ。いまの世の中、実の母親といえど、認知症のうえに半分寝たきりになった人間の面倒を好んで看《み》る人は少ないぞ。ましてやあんたたちには、憲一《けんいち》さんが残した金がある。その気になれば少し遠いが、街の施設に入れられるじゃろうが」

三津子の家がある横江町《よこえまち》は、県庁所在地から車で二時間ほどのところにある山間《やまあい》の町だった。山と田圃《たんぼ》しかない田舎町は近年で過疎化が進み、住人の七割が高齢者だ。町の信用金庫に勤めていた父の憲一は、三津子が中学生のときに交通事故で死んだ。加害者から支払われた賠償金と死亡保険金を取り崩しながら、国の遺族厚生年金でつましく暮らしている。古くからのかかりつけ医である平山とは、親戚《しんせき》同然のつき合いだった。

平山は鼻先にかけていた老眼鏡を人差し指で上げると、神妙な面持ちで言った。

「わしゃあ、三津子ちゃんが子供ん時から知っとるから言うんじゃが、嫁にも行かず母親の世話だけに追われる人生でええんかい。寿命が延びたいまじゃあ、四十過ぎいうてもまだまだ若い。もっと、自分の幸せを考えてもええんじゃないかのう。前から言うとうが、わしの知り合いにええ男がおるんじゃ。バツイチじゃが働き者じゃし性根もええ。なんなら紹介するぞ」

三津子は小さく笑いながら、いつもと同じ答えを返した。

「先生のお心遣いはありがたいんですが、私、いまのままでええんです。母は手がかかる私を、ずっと大事に育ててくれました。私が大きくなったと思ったら父が事故で亡くなり、母自身も五十歳という若さで脳溢血《いっけつ》になりました。そんな母が不憫《ふびん》でならないんです」

平山は、そうか、とつぶやくと、なにかを思い出したように小さく笑った。

「たしかに三津子ちゃんは、手がかかる子供じゃったのう。蔵の扉に足を挟んで足の爪をはがしたり、ジュースと水に溶かした洗剤を間違《まちご》うて飲んで腹を下したり。階段から落ちて足の骨を折ったときもあったのう。そのたんびに芳枝さんは、小さいあんたを抱えて血相変えてうちに駆けこんで来んさった」

平山は、どれ、と言いながら膝を叩《たた》くと、畳から立ちあがった。

「なんかあったら、また電話よこしんさい。いつでも駆けつけるけ」

平山のワゴン車を見送ると、三津子は庭に向かった。庭は射るような真夏の強い陽に照らされていた。狂ったように鳴いている裏山の蟬が、耳にうるさい。

三津子は、庭に面した部屋に寝ている芳枝を見た。芳枝は両手を布団の外に出し、口を半分開けて眠っている。

三津子は庭の隅にある水道の栓をひねると、ホースで庭に水を撒《ま》いた。潤いを得た庭に咲く花々が、色彩を濃くし生き生きと輝く。三津子は目の前にある花を眺めた。身長百六十センチの三津子の肩くらいまである大きな株だった。空に向かって広がる葉の根元から茎が伸び、その先に白い花がついている。花は深く頭を垂れるように、地面に向かって咲いている。名前はチョウセンアサガオ。夏に咲く大輪の美しい花だが、手入れには気をつけなければいけない。

母の面倒を看るだけの毎日を送る三津子の唯一の楽しみは、園芸だった。買い物の途中でホームセンターや園芸店に立ちより、気にいった花を購入して庭に植える。だが、きれいだからといって、よく調べもせずに買ってはいけない。きれいな花には棘《とげ》がある、と言われるように、美しい花のなかには毒性を持っているものがあるからだ。目の前で咲いているチョウセンアサガオのほかにも、可憐《かれん》な花をつけるスズランや、初夏に鮮やかな花をつけるスイセンなども毒がある。

いずれも摂取すると嘔吐《おうと》やめまいなどの症状が出て、場合によっては心不全や心臓麻痺《まひ》を起こし重篤に陥ることもある。品種によっては口から入れなくても、葉や花を触った手で目を擦《こす》っただけで、目が充血し瞼《まぶた》が腫《は》れたりもする。

三津子はホースの口を指で潰《つぶ》し水を霧状にすると、庭の隅々まで行きわたるように空に向けた。

三津子は子供の頃から、親に心配をかける娘だった。常にどこか怪我をしたり、体調を崩したりする。どれも三津子の不注意によるもので、手がかかる三津子を芳枝は溺愛《できあい》した。子供をひとりしか持てなかったこともあるだろうが、遠い町から嫁いできて周りに友人や知人がいなかったこともあったかもしれない。捨て子として児童養護施設で育った父にも、地元とはいえ親しい親戚はいなかった。

食事はすべて手作りで、店屋物や出来合いのものを三津子は食べたことがない。洋服も母の手作りだった。芳枝は近所でも慈母と評判だった。

仕事が忙しくほとんど家にいなかった父の憲一も、三津子のことは可愛がった。三津子が身体を壊したときだけは、どんなに離れた出先からでも家に駆け付けた。布団に横たわっているひとり娘の頭を撫《な》で、懸命に看病をしている芳枝を労《いたわ》った。

三津子が怪我をしなくなったのは、憲一が事故で死んでからだ。突然、連れあいを失い抜け殻のようになった母を見て、子供心に自分がしっかりしなければならないと思ったのか、成長して注意深くなったのかは、わからない。

芳枝が倒れたのは、三津子が二十歳のときだった。三津子は勤務先の縫製工場で、医師の平山から連絡を受けた。三津子が勤める縫製工場は、郷里の横江町から電車で一時間ほどのところにある郷江《さとえ》市《し》にあった。

三津子は高校を卒業したあと、田舎を出た。一人娘が家を出て行くことを、芳枝は必死に止めた。だがあいだに入った平山の、外の飯を食うことも勉強だ、という説得に負け、いずれ実家へ帰ることを条件に三津子を街へ送り出した。

街の暮らしは楽しかった。おしゃれな喫茶店や流行《はや》りの服を売っている店があった。映画やコンサートといった娯楽もあった。三津子は街の暮らしを満喫した。

三津子が郷里に帰らなければならない日は、唐突にやってきた。

社会に出てから三年目の春、芳枝が倒れた。脳溢血だった。身体の右半分が麻痺して言語にも障害が残った芳枝を、ひとりにしておくわけにはいかなくなった。街に連れてこようかとも思ったが、当時、患者を長期で預かってくれる施設はなかったし、田舎から出たことがない芳枝を街に連れてくることも不憫だった。

三津子は仕事を辞めて、田舎へ帰った。

母の介護は重労働だった。身体の右半分が不自由な芳枝は、食事はおろか手洗いもひとりでは出来なかった。なにをするにも、三津子の手が必要だった。母の世話は大変だったが、重荷だと思ったことはない。幼い自分を愛してくれた母の面倒を看ることは、当然のことだと思った。

だが、甲斐甲斐《かいがい》しく母の面倒を看る三津子にも、辛《つら》いことがあった。孤独だ。

街にいた頃は、同じ職場の友人や恋人と呼べる人間がいた。しかし、いまは誰もいない。古い家の中に、寝たきりの母がいるだけだ。訪ねてくる人もいないしんと静まりかえった家の中にひとりでいると、辛くて涙が出た。

淋《さび》しい毎日を送る三津子だったが、平山が往診に来るときだけは安らぎを覚えた。平山はなにもなければ二ヵ月に一度、芳枝の具合が悪いときはその日のうちに家にやってきた。芳枝の診察を終えると平山は、出された茶を飲みながら三津子を労った。

「ほんに、三津子ちゃんは偉いなあ。たったひとりでお母さんの面倒を看るなんて、言うほど簡単なもんじゃない。ご近所さんも言うとるで。あそこの娘さんはようできたお子さんじゃいうて」

みんなが自分を褒めてくれている。そう思うと嬉《うれ》しくてたまらなかった。

母を介護するだけの日々を送る三津子は、次第に平山や周りの人間の称賛を強く望むようになった。母の具合が悪くなると、平山がやってきて三津子を褒め称《たた》える。自分への賛辞が欲しくて、母の体調が悪くなることを願うようになった。

母の具合が悪くなればいいのに。芳枝の寝顔を見ながらそう考えたとき、三津子の頭の中で何かが弾《はじ》けた。

母はどうだったのだろう。夫は仕事でほとんど家にいない。知り合いもいない田舎町で、母は子供とふたりだけで淋しくなかったのだろうか。自分が周囲の称賛を浴びたいと思うように、母も夫の目を自分に向けたいと思ったことがあったのではないか。

もしあったとしたら、その気持ちはどういう形で具現化したのだろうか。例えば、我が子が怪我をしたとしたら——。

頭に浮かんだ恐ろしい考えを、三津子は拭《ぬぐ》い去ることが出来なかった。思い返せばすべてが腑《ふ》に落ちる。いくら落ち着きのない子供だとしても、自分はあまりに怪我や体調を崩すことが多かった。蔵の扉に足を挟んだことも、いまとなれば重い土戸を子供が動かせるとは思えない。ジュースと水に溶かした洗剤を間違えて飲んだことも、母があらかじめジュースの瓶に洗剤を入れておいたとしたら、三津子は疑いもせず中身を飲んだだろう。ほかにも、髪を切ってあげると言った母が、手が滑ったと言って三津子の首を傷つけたことなど、いろいろ思い当たる。そして、三津子が怪我をすることは、憲一が死んでからぱたりとなくなった。以前なにかの本で、自分に周囲の同情や関心を集めるために我が子や身内を傷つける精神疾患があると読んだことがある。たしか病名は、代理ミュンヒハウゼン症候群——。

三津子は、布団の中で寝息を立てる芳枝を見つめた。

母さん、あなたも孤独だったんだね——。

三津子は蛇口を閉めると、水道にホースを巻きつけた。チョウセンアサガオの側にしゃがむと、水で柔らかくなった土を掘り、根を取り出した。一見すると、少し色素の薄い牛蒡《ごぼう》のようだ。これを細切りにして人参《にんじん》と炒《いた》めれば、きんぴらごぼうの出来あがりだ。食べた母は早ければ三十分で、遅くても夜なかには嘔吐をはじめる。あとはいつもどおり、平山に電話をして往診を頼めばいい。

三津子は地面から立ち上がると、庭を眺めた。庭にはキョウチクトウやジンチョウゲ、シャクナゲ、スズランなどが植えられていた。すべて毒性がある花だ。三津子は縁側の奥の部屋で、布団に横たわっている芳枝を見つめた。

――母さん、私は母さんを恨まないよ。いまならあなたの気持ちがわかる。だから、私の気持ちもわかるよね。ねえ、母さん。

三津子は、土がついたままのチョウセンアサガオの根を握りしめると、夕飯の支度をするために台所へ向かった。

泣き虫《みす》の鈴

拳《こぶし》を握りしめると、八彦《やひこ》は蚕室《さんしつ》を飛び出した。

後ろから、兄たちの冷やかし声が聞こえる。兄といっても本当の兄ではない。八彦より早く屋敷に奉公にきている、年上の者たちのことだ。

八彦は屋敷の敷地を駆け抜け、裏木戸から外へ出た。

屋敷の側を流れる堰《せき》で大根を洗っていたお松《まつ》が、八彦を見つけて呼びとめた。

「これ八彦、仕事さぼって、どごさいぐ」

八彦は立ち止まらない。溢《あふ》れてくる涙を半纏《はんてん》の袖《そで》で拭《ぬぐ》いながら、屋敷の裏手にある本多《ほんだ》さまの笹山へ走る。

本多さまとは、八彦が奉公している主家のことだ。本多家は白鷹村《しらたかむら》一の豪農で、養蚕業を手広く営んでいる。春は山菜取り、夏は虫捕り、秋は茸《きのこ》狩り、冬は子供たちのそり遊びの場となるその裏山は、村の者から本多さまの笹山と呼ばれていた。本多家の地所である山全体を覆《おお》うように、笹が生い茂っているからだ。

笹山には、お稲荷《いなり》さんを祀《まつ》っている小さな祠《ほこら》があった。頂へ続く山道の横に石段がありう、その先に稲荷神社がある。かなり古いもので、滅多に人が参ることはない。八彦は色褪《いろあ》せた朱色の鳥居をくぐると、石段を駆けあがった。下から祠までそう高くはないが、傾斜が急なため途中で必ず息が切れる。石段を上りきった八彦は、祠の両側に鎮座しているお狐さまの台座へ座ると、いつものように眼下を眺めた。

笹山のお稲荷さんからは、村が一望できた。

目の前に広がる景色に、八彦は目を細めた。一面に広がる田圃《たんぼ》を、村人が馬を使って田起こしをしている。その向こうには、まだ雪を残す朝日《あさひ》連峰が見えた。

八彦は穿《は》いている股引《ももひき》の腰袋から、鈴を取り出した。鈴についている赤い紐《ひも》を指でつまみ、左右に揺らす。

——チリン、リン、リン。

澄んだ鈴の音が、風に乗って流れていく。

辛《つら》いことがあると、八彦は笹山のお稲荷さんにやってきて鈴を鳴らした。今頃、鈴の音を耳にした兄たちは、また八彦が泣いている、と笑っているだろう。

屋敷には奉公人が十六人いた。女が六人、男が八彦を入れて十人だ。奉公する小僧のなかで一番の年長は、今年十九歳になる正造《しょうぞう》だ。正造は身体も大きいが態度もでかい。奉公に来て長く、小僧のなかでは養蚕の仕事を一番覚えていることもあり、物知り顔でいつも偉そうにしている。

正造は八彦に辛くあたった。もともと持っている怠《なま》け癖のせいなのか、奉公に出されて覚えた小狡《こずる》さからなのか、正造はことあるごとに、自分の仕事を八彦に押しつけた。

奉公に来てまだ日が浅い八彦に、人の分まで仕事をこなせるわけがない。できない、と言うと正造は、お前は要領が悪い、と怒り、繭を茹《ゆ》でる長い棒で八彦を叩《たた》いた。

奉公に来たばかりのころ、八彦はなぜ自分ばかりが辛く当たられるのかわからず、厨《くりや》の隅で蹲《うずくま》ってよく泣いていた。

ある日、厨の隅で泣いていると、お松に声をかけられた。

お松は屋敷の飯炊き女で、顔の右半分に大きな引き攣《つ》れがあった。子供のころ囲炉裏《いろり》に顔から転げ、やけどを負った痕《あと》だという。この容貌《ようぼう》のせいで嫁の貰《もら》い手がなく、三十路《みそじ》をとうに過ぎた今も本多家で下働きをしている。はじめてお松の顔を見たときは、子供心にも醜いと思った。が、お松の心根の優しさに触れるうち、八彦はお松のことを歳の離れた姉のように感じるようになった。

お松は肥えた腹に前掛けを締めながら、竈《かまど》の陰にいる八彦を覗《のぞ》き込んだ。

「こんなところで、なにしったな」

八彦は小声で、正造が自分を苛《いじ》める、と訴えた。

「なして正造さんは、俺に辛くあたるんだべ」

お松は汚れた器を、流しでざぶざぶ洗いながら答えた。

「誰かに当たらねえと、やってられねえんだべ。辛《つれ》えだろうけど誰かに泣いてるとこ見られたらだめだぞ。もっと馬鹿にされっから」

それから八彦は辛いことがあると、人目を避けて笹山に登るようになった。

笹山でお稲荷さんを見つけたのは、梅雨に入って間もないころだ。商家への用足しを頼まれて帰る道すがら、突然の鳥の声に驚いて上を見やると、鬱蒼《うっそう》とした笹の隙間《すきま》から赤っぽいものが目にとまった。山の裾野《すその》に隠れるように立つ、鳥居だった。鳥居の奥にある石段を上ると、古い小さな神社があった。人気《ひとけ》はなく、聞こえるのは風の音と鳥の声だけだった。静かな山の中にひとりでいると、日頃から胸に抱え込んでいる淋《さび》しさや悔しさが、体から溶け出していくようだった。

お狐さまの台座に座ったまま、八彦は長く連なる山の向こうに目を凝らした。

山の裾野の向こう側に、八彦が生まれた小国本村《おぐにもとむら》がある。新潟と山形の県境にある小さな村だ。

八彦が生まれ故郷から白鷹村にやってきて、一年が経つ。白鷹村は、新潟から山形の米沢《よねざわ》へ続く越後《えちご》街道沿いにある。

白鷹村も小国本村も、一年の半分は雪に閉ざされる冬が長い村だ。だが、空の大きさが違う。山が遠い白鷹村は空が広く、山に囲まれた小国本村は空が狭い。

平野から小国本村にやってくる者の中には、山が迫ってくるようで息苦しい、と言う者もいたが、八彦は山々に抱かれているようで安心だった。逆に、空が広い白鷹村をはじめて見たときは、だだっぴろい野原にひとり置き去りにされたような心細さを感じた。

八彦は今年で十二歳になる。生まれは大正八年だ。八彦の八は、生まれ年からとったものだ、と父親の幾三《いくぞう》から教わった。

八彦は農家の次男坊だった。兄弟は十六歳の兄、茂《しげる》と、八歳になる静子《しずこ》、五歳になる千代子《ちよこ》、そして三歳の吉男《よしお》がいた。本当は茂と八彦の間に、もうひとり姉がいたが、八彦が三歳のときに風邪をこじらせて死んでいる。

八彦の家は貧しかった。農家といっても代々小作人で土地はなく、地主から田を借り、小作料を払って暮らしていた。痩《や》せた土地から採れる米は質が悪く、高くは売れない。長雨や冷夏のときは、ただでさえ貧しい暮らしがさらにひどくなった。大根の葉や粟《あわ》などで嵩《かさ》を増した雑炊だけの日が続き、妹や弟たちは、腹が減った腹が減った、と泣いた。

三年前にも長雨が続き、米が採れなかった。その年の冬、八彦たちは蓄えていた粟や稗《ひえ》で食いつないだ。村の誰もが、翌年の豊作を願った。だが、次の年も凶作だった。粟も稗も底をつき、雪の下から木の根を掘り起こして食べた。その頃には、塩も味噌《みそ》もなくなっていた。わずかな木の根が浮いているだけの汁に味はなく、土臭い湯を飲んでいるようだった。

凶作が二年続いた年の冬、いつものように腹を空《す》かせて布団に入ると、幾三が寝屋へやってきた。幾三は横で寝ている妹や弟を起こさないよう小声で、八彦だけを隣の板の間へ呼んだ。こんな夜が更けてからなんの用か、と訝《いぶか》りながら障子を開けると、幾三と母親の梅《うめ》が囲炉裏を囲み座っていた。父親は八彦を囲炉裏の傍に座らせると、奉公へ出てくんねえか、と低い声で言った。

「このままでは家から死人が出る。茂は長男だ。跡を継ぐため、家さ残らねばならね。次男のお前が、家族を助けると思って、奉公さ出てけろ」

囲炉裏端で、幾三はずっと項垂《うなだ》れていた。言葉を口にしているあいだ、一度も顔をあげようとしなかった。

いやだ、とは言えなかった。村の遊び仲間が次々と奉公に出て行く姿を見ていた。自分が行かなければ幼い弟や妹が死ぬと言われれば、肯《うなず》くしかなかった。なにより、目の前でなにも言わず、ただ肩を震わせている梅の姿を見ていると、行くしかないと思った。

その年の春彼岸の日、八彦は奉公へ出た。荷物は、梅が自分の着物を仕立て直して縫ってくれた着物と猿股《さるまた》が二枚、あとは手ぬぐいだけだった。

陽が昇ると同時に、前の日から迎えに来ていた本多家の使いの者と家を出た。休まず歩いても、白鷹村に着くのは陽が暮れてからになると言う。

歩きはじめた八彦に梅は駆けより、これを、と言って小さい鈴を握らせた。鈴は梅が嫁いできたときに持ってきたもので、肌身離さずずっと身につけていたものだった。八彦の手を握りしめながら梅は、辛えことさあったらこれ見ておっかあを思い出せ、と目を潤ませた。

八彦は使いの者のあとについて、まだ雪が残る道を踏みしめながら足を進めた。

もう家が見えなくなるという曲がり角で、後ろを振り返った。幾三と梅が戸口の前で、八彦を見送っていた。着物の袂《たもと》で顔を覆う梅の姿が、八彦には滲《にじ》んで見えた。

十三峠《じゅうさんとうげ》を越えて白鷹村に着いたのは、陽がとっぷりと暮れたころだった。

本多家の構えを見て、八彦は驚いた。竹垣でぐるりと囲まれた広い敷地には家人が暮らす屋敷と、馬と奉公人が一緒に生活している家屋、蚕を飼うための蚕室があった。本多家の主《あるじ》と妻、五人の子供が暮らしている屋敷は、故郷に一軒だけある旅籠屋《はたごや》よりもでかく、その隣にある蚕室は屋敷よりもさらに大きかった。

使いの者は平次《へいじ》と名乗った。平次は本多家の奉公人の中で一番の年嵩で、養蚕の仕事場を仕切っていることを、あとで知った。

平次に言われるまま、汚れた足を井戸で洗い、屋敷へあがった。平次は長い縁側を渡り、一番奥にある座敷に八彦を連れて行った。

平次が障子越しに、小国本村からただいま戻りました、と声を伝えると中から、入れ、という声がした。平次が障子を開けると、中には火鉢を前に男が座っていた。結《ゆう》城紬《きつむぎ》の着物に単衣《ひとえ》の長羽織を肩にかけた格好で、短い髪はきれいに後ろへ撫《な》でつけている。男は眉間《みけん》に皺《しわ》を寄せて、鋭い目つきで八彦を見た。

八彦が口を開けたまま男を見ていると、平次が大きな声を出した。

「これ、頭を下げろ。これからお前がお世話になる、本多の旦那《だんな》さまだぞ」

八彦は慌てて頭を下げた。どうしたらいいのかわからず、廊下に額をつけたまま黙っていると、平次は八彦に向かって怒ったように言った。

「黙っとらんと、挨拶《あいさつ》せんか」

挨拶と言われても、なにを口にしていいのかわからない。頭を下げたままようやく、八彦でごぜえます、とだけ言った。本多は、がんばりなさい、とひと言かけると、手の甲を見せて二、三度振った。

翌日から奉公がはじまった。

朝は五時半に起き、厨へ薪《まき》を運んだり馬の世話をしたりした。雑役を終えると、厨へ集まり奉公人たちだけで朝餉《あさげ》に向かう。朝餉はいつも同じものと決まっていた。芋が交じった粟や稗と漬物が二、三切れ、干し大根の煮つけだった。

茶碗《ちゃわん》一杯の飯とわずかな小鉢で、育ち盛りの腹が満たされるはずがない。だが、文句は言えなかった。故郷でひもじい思いをしている弟や妹のことを思うと、飯が三度三度食えるだけで贅沢《ぜいたく》だ、と思った。

朝餉がすむと、蚕の世話をした。

蚕を見るのははじめてだった。平たい大きな笊《ざる》に桑の葉が敷き詰められ、その上で黒い虫がうごめいている。

これが産まれたばかりの蚕だ、と教えてくれたのは長助《ちょうすけ》だった。八彦の六つ上で、奉公に来て五年になる。背が低く丸顔で、いつも笑っているかのように目尻《めじり》が下がっている。口数が少なく話しかけてくることはあまりないが、正造のように辛くあたることもない。蚕の世話の仕方は、ほとんど長助が教えてくれた。

蚕は産まれてから繭になるまで、およそ五十日かかる。桑の葉を食べ続ける起きの時期と、眠りにつく眠《みん》の時期を繰り返し、蚕は繭を作る。蚕が繭になったら、大なべで茹でて糸を採る。この糸は絹と呼ばれ高く売れるのだ、と長助は言った。

本多家では春に行う春蚕《はるご》と夏に行う夏蚕《なつご》、そして、夏と秋の間に行う夏秋蚕をしていた。

蚕を育てるには、金がかかる。蚕の餌代や、奉公人とは別に蚕の世話だけのために働く傭人《ようにん》に支払う手間賃が必要だ。いくら絹が金になるとはいえ、元手がかかる養蚕を年に三度も行えるのは、養蚕業が盛んな白鷹村でも本多家だけだった。

養蚕業は、考えていたより苦労が多かった。奉公先での仕事は主に蚕という虫を育てることだ、と幾三から聞かされたときは、虫に餌をやっているだけでいいのだとばかり思っていた。しかし、実際は朝から晩まで寝る間もないほど、手間がかかる仕事だった。

八彦がはじめて任された仕事は、桑畑から蚕の餌となる桑の葉を採ってくることだった。本多家の桑畑は、屋敷から田圃をいくつも越えたところにあった。桑の葉を運ぶための大きな荷車を馬にひかせて、屋敷と桑畑を何度も往復する。桑畑までの道のりは遠く、一日が終わるころには足がぱんぱんにむくんでいた。

蚕が食欲旺盛《おうせい》になる三眠と四眠のころには、桑の葉採りのほかに、蚕の餌やりの仕事が増えた。蚕はものすごい勢いで桑の葉を食べる。蚕が桑の葉を食べるしゃくしゃくという音は、蚕室から離れたところにある八彦の寝屋まで聞こえてきた。休みなく餌を求める蚕に、奉公人と傭人たちは、不眠不休で桑の葉を与える。

四眠が過ぎ、蚕が繭を作るといよいよ乾繭《かんけん》だ。繭になった蛹《さなぎ》を大なべで茹でて、糸を採るのだ。糸は別棟にある作業場で女たちが採る。繭の中の蛹は半月ほどで蚕蛾になり、繭を食い破って外へ出てくる。繭皮が破れてしまうと生糸が紡げなくなるので、もたもたしていられない。次から次へと出来あがる繭を、朝から晩まで茹で続ける。

正造は、蚕の育ちが悪かったり作業がはかどらないと、八彦を叱った。理由はない。八つ当たりでしかなかった。蚕の育ちが良くないのはお前の甲高い声のせいだとか、お前に染みついている田舎の臭いが悪いからだ、などと難癖をつける。言い返そうものなら、容赦なく手が飛んできた。

正造は家人に見つからないように、人目のない屋敷の裏や蚕室の陰で八彦を苛めた。長助や他の小僧たちは、正造の苛めを知っていた。が、八彦を庇《かば》うことはなかった。

家人に知らせでもしたら、今度は自分が正造から手ひどい仕打ちを受けるからだ。

今日も正造は、八彦に辛くあたった。荷車に桑の葉を山と積んで帰ってきた八彦に正造は、これっぱかりしか持ってこなかったのか、と文句を言った。これ以上、荷車に入れたら溢れてしまう、と言葉を返すと正造は、お前の積み方が悪いのだ、と怒鳴った。もっと頭を使えばたくさん桑の葉が積める。お前の頭が足りないのは、お前の親の頭が悪いからだ、と責めた。

自分を辱めるだけなら、耐えられる。だが、父親と母親を悪く言われることだけは我慢がならなかった。八彦は震える拳を握りしめると、蚕室を飛び出した。

――おっかあ。

お狐さまの台座の上で、八彦は鈴を握りしめ膝《ひざ》に顔を伏せた。

どうして自分が、こんな苛めに遭わなければいけないのか。自分が長兄として生まれていたならば、奉公に出なくて済んだ。弟や妹として生まれていたら、まだおっかあに甘えていられた。三度の飯が食えなくても、家にいたかった。お父の側で藁《わら》を編み、おっかあの匂いに包まれていたかった。

陽が傾き、田圃に榛《はん》の木の影が伸びた。

――家へ帰ろうか。

ふと、そんな思いが頭に浮かんだ。白鷹村から小国本村までは、一本道だ。雪が解けたこの時季なら、子供ひとりでもきっと辿《たど》りつける。

八彦は手にしていた鈴を鳴らした。

――八彦。

鈴の音に、梅の自分を呼ぶ声が重なる。

一度とまった涙が、また溢れてくる。

――帰りたい。

半纏の袖で濡《ぬ》れた頬をぬぐったとき、石段の下から自分を呼ぶ声がした。

「八彦、そごさいるんだべ」

お松の声だ。驚いて立ち上がり石段の下を見ると、赤い鳥居の側でお松が八彦を見上げていた。

「早ぐ、屋敷さ戻れ」

お松は両の手を口元に当てて、八彦に向かって叫んだ。屋敷を飛び出した八彦を、誰かが呼びに来るなどはじめてだった。

「なしてや」

八彦は訊《たず》ねた。お松は答えない。いいからすぐ来い、と強く言い残し、急ぎ足で屋敷へ戻っていく。屋敷でなにかあったのだろうか。八彦は鈴を股引の腰袋へ戻すと、慌てて石段を駆け下りた。

裏木戸から中庭へ入ると、屋敷の入り口が賑《にぎ》やかだった。家人や奉公人たちが、戸口の前で輪を作っている。

中庭で突っ立っていると、八彦を見つけたお松が手で呼んだ。

「そんなどごさひとりでいねで、こっちさ来い」

八彦はお松の側へ駆け寄った。

「なに騒いでんなや」

訊ねると、お松は丸い顔をほころばせた。

「二年ぶりに、瞽女《ごぜ》さが来たんだ」

瞽女と言われても、八彦にはなんのことかわからなかった。瞽女とはなんだろう。はじめて耳にする言葉だ。

瞽女てゃなにか、と訊ねると、お松は屋敷の入り口を指差した。

「ほれ、あん人たちだ」

屋敷の入り口には、三人の女がいた。紺絣《こんがすり》の着物を身につけ草鞋《わらじ》を履き、足には赤い脚絆《きゃはん》をつけている。頭には饅頭笠《まんじゅうがさ》を被《かぶ》り、手には白く塗った杖《つえ》を持っていた。ひとりは八彦の母親くらいの年齢だった。その隣にいるのは、お松の少し下くらいの女だった。ふたりの後ろに隠れるように立っている娘は、自分よりも年下に見えた。

お松の話では、瞽女とは新潟の高田《たかだ》や長岡《ながおか》に家を持ち、一年中、旅をして歩く女芸人だという。瞽女のほとんどは目が不自由で、二、三人で組をつくり旅をする。新潟を中心に、南東北《みなみとうほく》や信州《しんしゅう》、ときには北陸《ほくりく》まで足を延ばす。有縁の村を訪ね、三味線で唄《うた》をうたい、その報酬として金や米などを貰って暮らしているという。町のように芝居や寄席といった娯楽がない村では、瞽女の唄は大きな楽しみのひとつだ、とお松は言った。

「一番年嵩の人が、親方のハツエさん。親方の隣にいるのがトヨさん。トヨさんはわずかに目が見えるから、手引きをしている。ふたりの後ろにいる子は、キク。一昨年《おととし》、瞽女になった娘だ。はじめてここに来たとき八歳だったから、今年で十歳になる」

十歳。八彦のふたつ下だ。

「あのふたりは、親子なのか」

ハツエとキクを見ながら、八彦は訊ねた。年の頃から見て、ハツエとキクは母子《ははこ》のように思える。

「違う違う」

お松は顔の前で、手を振った。

「瞽女さたちは、血が繋《つな》がってねえ。親方が目え具合が悪い子ば養女にして、自分のとこで育てるんだ」

八彦は改めて、キクを見た。キクは背が小さく、身体は細かった。今年で十歳になるというが、見た目はふたつも三つも幼く見える。饅頭笠から覗く顔はまんまるく、頬がりんごのように赤い。閉じている目元は穏やかで、小さな口は真一文字に結ばれている。まるで地蔵のようだ。

ハツエとトヨとキクは、身を寄せ合いながらあたりに頭を下げている。背を曲げるたびに、背負っている大きな荷物が落ちそうになった。

屋敷の周りに、村人が集まってきた。瞽女が来たと聞きつけてやってきたのだ。

出迎えに出た本多はハツエたちに、よくござったなあ、と笑いながら声をかけている。村人の中にはハツエたちに向かって、手を合わせている者もいる。

なぜ、盲目の旅芸人がこれだけ手厚く扱われるのだろう。訊ねるとお松は、嬉《うれ》しそうに答えた。

「瞽女さが使っている三味線の弦ば蚕棚に吊るしておくと蚕が桑をよく食うとか、瞽女さの着物の切れ端ば持っていると安産だとか言われてる。瞽女さは、ありがてえ人たちなんだ。ああ、ありがてえ、ありがてえ」

お松まで、瞽女に向かって手を合わせはじめた。

ありがたい人たち、と言われても、八彦にはそう思えなかった。目が不自由な者を見るのははじめてだったし、得体の知れない力を持つと言われる瞽女たちが、どことなく怖かった。

「瞽女さ、さっそくだが、ひとつ唄ってくんねぇべか」

村人の中から声があがった。

したらば、と言って親方のハツエは、背負っていた紺色の紬の袋から三味線を取り出した。ハツエは三味線を抱えると、撥《ばち》で弦を叩いた。

ビン、と弦が鳴る。

～　幾夜かよても　逢《あ》われぬ時は
　御門扉に　そりゃ文を書く
御門扉に　文書く時は
すずり水やら　そりゃ涙やら　～

隣で聞いていたお松が、あれは門付け唄だ、と教えてくれた。村の人々に、瞽女が来たことを知らせる唄だという。

ハツエは歌い終わると、深々と頭を下げた。入り口から離れたところにいるお松を、本多が大きな声で呼びつけた。

「これお松、早《はよ》う瞽女さんたちば中へ通しんさい。それから、今夜は馳走《ちそう》だ。瞽女さんたちに、美味《うま》いものをたくさん食べていただくんだ。風呂《ふろ》さも早う沸かしんさい。湯さ浸《つ》かって、ゆっくりしてもらいんさい」

へえ、と返事をすると、お松はハツエたちへ駆け寄り、三人を屋敷の中へ連れて行った。

瞽女たちが屋敷へ入ると、本多は表に集まっている村人に声をかけた。

「今夜、瞽女さんはうちさ泊まる。唄を聞きてえ者は、夜になったら屋敷へ来んさい」

集まった村人たちは、本多に頭を下げると嬉しそうに、上気した顔で帰っていった。

あたりが静かになっても、八彦はしばらく表に立ちつくしていた。生まれてはじめて見た瞽女の姿が、目に焼き付いて離れなかった。

その夜、屋敷は遅くまで賑やかだった。村人たちが瞽女の唄を聞きに、本多家へ集まっていた。

家人を除く男たちは、昼間の仕事を終えるといつもどおり床についた。女たちは瞽女と村人たちのもてなしで、夜遅くまで働くのだろう。

瞽女が弾く三味線の音が、中庭を通して八彦たちの寝屋まで聞こえてくる。物悲しい三味線の音を聞きながら、八彦はキクの姿を思い出していた。キクより年上の自分でさえ、小国本村から白鷹村までの道のりは難儀だった。まだ幼いうえに目が不自由な身に、長旅は応《こた》えるだろう。だが、屋敷の入り口に佇《たたず》むキクからは、辛さや悲しみといったものは感じられなかった。背筋を伸ばし、凛《りん》とした表情で前を見据えていた。

八彦は隣に寝ている長助を起こさないように、静かに寝返りを打った。

障子に、月明かりに照らし出された庭木の影が映っている。影はどこか、饅頭笠を被ったキクの姿に似ていた。姿は細く儚《はかな》く見えるが、中に強い芯《しん》を感じる。

八彦は障子越しに聞こえてくる三味線の音を聞きながら、いつの間にか眠りについた。

薪運びと馬の餌やりを終えると、八彦は朝餉を食べるために厨へ向かった。家人たちは座敷で食べるが、八彦たち奉公人は厨で食べる。年長の者から順に上座へ着き、一番年下の八彦は末席に座る。

奉公人たちが揃い、飯の支度が整った。目の前に置かれた朝餉を見て、八彦は驚いた。いつもより、一品多い。漬物と小鉢のほかに、里芋とさつま揚げの煮物の皿がついている。隣にいる長助に、なにかの祝いか、と訊ねると、昨日の残りだ、と長助は答えた。瞽女や村人たちに出した料理の残りだという。

八彦は唾《つば》を飲み込んだ。里芋やさつま揚げなど、普段は口にできない馳走だ。里芋を箸《はし》でつまんで口に入れる。中まで煮えた里芋は、舌の上でほろりと崩れた。口のなかに醬油《しょうゆ》と砂糖で煮つけた甘辛い味が広がる。

八彦はあまりの美味さに、うめえ、と小さく声を漏らした。こんな美味い料理が食べられるなら、瞽女たちが毎日いてくれたらいいのに、と思う。

夢中になって煮物を頰張る様子から心内を察したのか、上座にいるお松が八彦に声をかけた。

「明日《あした》の朝餉も、美味い飯が食えるぞ」

お松の話では、瞽女たちは今日も屋敷に泊まっていくのだという。

「いつもはひとつしか泊まらねえんだが、今日は高蔵《たかくら》さまのお祭りがあるべ。その場で唄ってくれって、旦那さまが頼んだんだ」

高蔵さまとは、滝野《たきの》にある高蔵神社のことだ。滝野は村の北はずれにある集落で、神社には、白鷹山《しらたかやま》の頂上に祀っている養蚕神、白鷹虚空蔵尊《こくうぞうそん》の分霊が祀られている。毎年四月十七日は、高蔵さまの例祭があった。

「じゃあ、今日は俺たちも、瞽女さの唄が聞けるんだな」

隣で汁を啜《すす》っていた長助が、めずらしくはしゃぎ声で言った。祭りの夜は家人も奉公人も神社へ行き、唄ったり踊ったりしながら遅くまで楽しむ。座敷では聞けない瞽女唄も、祭りの場なら奉公人たちも聞ける、とお松は答えた。

「俺は喇叭《らっぱ》節が聞きてえ。トコトットットットッ〜」

正造が音頭を取りながら、箸で茶碗を叩く。

「あたしはお久口説《ひさくどき》がええ。心中物は泣けるだ」

お松の隣にいた加代《かよ》が言う。加代はまだ十五歳だが、歳よりもませている。朝餉の席が、にわかに沸き立った。唄のことはよくわからないが、みんなの浮かれる姿を見ていると、八彦もなんだか楽しくなった。

——早く宵になれ。

願いながら八彦は、茶碗に口をつけると飯をかっこんだ。

陽が落ちて、あたりが暗くなった。

家人が出掛けると、奉公人たちも神社へ向かった。八彦もお松に手を引かれて、高蔵さまへ続く道を歩く。

高蔵さまへは何度か行ったことがある。高蔵さまがある滝野には、本多の妹が嫁いでいた。本多は時折、奉公人を使い、妹の嫁ぎ先へ野菜や米を届けていた。お松と一緒に用足しに行くと、お松は帰り道に必ず高蔵さまへ立ち寄り手を合わせた。

神社が近づくにつれ、お囃子《はやし》が聞こえてきた。鳶《とび》の鳴き声のような笛の音や、跳ねるような太鼓の音に心が浮き立ってくる。次第に足が速くなり、いつのまにかお松の手を引いて小走りに駆けていた。

いつもは宵になると、人気がなくなる薄気味悪い神社だが、この日は違っていた。境内の入り口にある赤い鳥居から社まで続いている参道に、屋号入りの提灯《ちょうちん》が灯《とも》っている。境内は集まった村人で溢れていた。

参道の両側に、たくさんの露店が立ち並んでいる。蓑《みの》や鍬《くわ》などの農具や飴《あめ》細工、団子などが売られている。店の数はざっとみても、二十はあった。郷里の小国本村でも祭りはあるが、せいぜい十も並べばいい方だ。これほど多くの露店を、八彦は見たことがなかった。

今日はいつもの仕事への労《ねぎら》いもあり、雇い主の本多から奉公人たちに祭り小遣いが出た。なにを買おうか迷いながらきょろきょろしていると、お松が耳を引っ張った。

「五銭までだぞ」

「わがってる」

耳を摑《つか》んでいるお松の手を振りほどくと、八彦は叫び返した。

さんざん悩んで、八彦は団子を買うことに決めた。お面などの形があるものにすれば正造に取られるかもしれない。飴では腹は膨れない。団子なら、滅多に食べられない甘いものが食える。腹の足しにもなる。

八彦は銭を渡して団子を買った。焼いた団子に、飴色のみたらしがたっぷりついている。串《くし》に刺さっている団子を、八彦は味わいながらゆっくり食べた。焼き立ての団子はやわらかく、真っ白い砂糖を舐《な》めているみたいに甘かった。

団子を食べ終えた八彦は、露店を見て回った。透明な飴が真っ白い鶴に変わる様に見惚《みと》れ、たらいの中で泳ぎ回る金魚を眺めた。

参道を行ったり来たりしながら店を覗き込んでいると、賑やかだったお囃子が急に止んだ。まだ宵の口だ。祭りが終わるには早すぎる。どうして囃子が止んだのか。

隣にいるお松に訊《き》こうとしたとき、社のほうから三味線の音が聞こえてきた。

お松はぱっと顔を輝かせた。

「瞽女さの唄がはじまるだ」

いくべ、と言うと、お松は八彦の手を引いて社へ駆けだした。

お松に手を引かれてついていくと、社の前に人だかりができていた。立ちふさがる人の背で、前が見えない。八彦は結んでいたお松の手を解《ほど》くと、人をかき分け前へ出た。

社の前に、ハツエとトヨとキクがいた。地面に敷かれた茣蓙《ござ》の上に、膝を正して座っている。三人は、昨日見た紺絣の着物ではなく、格子の柄の入った朱の着物を着ていた。ハツエとトヨは三味線を抱え、キクはふたりの後ろで三味線の代わりに、拳ほどの石を両手に持っていた。

音合わせを終えたハツエとトヨは、撥で弦を叩いた。夜の境内に三味線の音が響く。

〜　おんとこわかには
　ご萬歳《ばんざい》とは　君も栄えておわします

愛嬌《あいきよう》ありける新玉の
　年とるその日のあしたには
　水もわかゆる木の芽もさす～

唄の意味はわからないが、調子は祭りの日にぴったりの楽しげなものだった。ハツエとトヨの小気味よい掛け合いに、村人たちが笑い声をあげる。三味線を持たないキクは、唄に合わせて手にした石を叩き合わせた。

唄は短い流行り唄から、段物と呼ばれる長いものまであった。唄い終えるとハツエとトヨとキクは、莫蓙の上に手をつき深々と頭を下げた。

祭り半纏を羽織った村の男が、声をあげた。

「酒だ、瞽女さたちさ、酒っこ飲んでもらうべ」

莫蓙の上に、酒と食べ物が並べられる。

村の男は、ハツエとトヨに猪口《ちよこ》を握らせると徳利《とつくり》から酒を注いだ。ふたりは中身がこぼれないように気をつけながら、猪口を口にした。酒が飲めないキクは、村の女から手渡された握り飯を食べている。

夜が次第に更けていく。宴《うたげ》が終わる気配はない。

境内の隅で石を積み上げ遊んでいた八彦は、自分を呼ぶ声に顔をあげた。参道でお松が、八彦を捜していた。手についた土を払い、お松に駆け寄る。八彦を見つけたお松は、怖い顔をした。

「いったい、どごさいっだなや。人さらいにでもあったんねがって、心配したべや」

こっちさ来い、と言うと、お松は社のほうへ大股で歩き出した。

社の前では、まだ村人がハツエたちを囲んで酒を飲んでいた。祭りのときは、奉公人も酒を許される。年長の小僧の正造と長助も、酔いに顔を赤くして、相伴にあずかっていた。

お松は莫蓙の隅に座っているキクのところへ、八彦を連れて行った。

「おめえ、キクさんば屋敷まで連れていけ」

八彦は驚いてお松を見た。

「おれがか」

んだ、と言って、お松は肯いた。

お松の話では、キクは先日風邪をひき、まだ治りきっていないとのことだった。

「酒の席はまだ続く。病み上がりの子供ば遅くまで起こしてるのは忍びなくて、ハツエさんにキクさんば一足先に屋敷に帰《け》えしたらいいんでねが、て言ったんだ。ハツエさんも、そうしてくれ、ってことだったがら、おめえ、キクさんば連れてひと足先に屋敷さ戻れ」

八彦は困った。目が見えないキクを、どうやって屋敷へ連れて行けばいいのか。訊ねるとお松は、手を引いて行ったらいいべ、と呆《あき》れたように言った。

お松は腰をかがめると、目の高さを八彦に合わせた。

「帰り道はわがるな。神社の前の道をまっすぐ行って、一本杉のとこ右さ曲がる。あとはずっと一本道だ」

道を間違えんなよ、と言うとお松は、そそくさと酒の席に戻っていった。

八彦はその場に立ち尽し、キクを見た。キクは莫蓙の上に小さく身をかがめて座っている。上の者の言いつけは、守らなければいけない。八彦はキクに、ぶっきらぼうに声をかけた。

「いぐぞ」

キクは莫蓙から立ち上がった。自分から手を取ることができず、八彦は怒ったように言った。

「ほれ、手ぇ出せ。引いでけっから」

差し出された手を乱暴に握った八彦は、手触りに驚いた。幼いキクの掌《てのひら》は、大人の手のようだった。節は太く皮はざらざらしている。指先はくるみの殻のように硬い。

「おめえの指、なしてこんなに硬いなや」

訊ねるとキクは、小さな声で答えた。

「三味線を弾くと、糸で擦れて皮が破ける。痛くても我慢して弾いてると、こんなになる」

「皮が破れたら、血が出るべ」

キクは肯いた。

「血が出たら、指さ布切れ巻いて弾く」

八彦はキクの手を見た。手の甲が皹《あかぎれ》で真っ赤になっている。指先にはいくつもの瘡《かさ》蓋《ぶた》ができていた。

いきなり耳に、八彦を呼ぶ声がした。

「八彦。そんなどこにつっ立ってねえで、早ぐ屋敷さ戻れ！」

声がした方を見ると、お松が莫蓙の上に座り八彦に向かって叫んでいた。八彦は慌てて キクの手を引くと、歩き出した。

夜道を歩く八彦は、滝野の外れまでくるとキクに話しかけた。

「おめえさっき、痛くても我慢して三味線弾くって言ったべ」

「言った」

キクは答える。

「傷が治るまで、三味線の稽古《けいこ》休まんねなが」

訊ねるとキクは、休めない、と言った。

「ちっとでも休めば、せっかく覚えた節を指が忘れてしまう。目え見えれば紙の上でも覚えられっけど、おれは目が見えねえから指で覚えるしかねえすけ」

「おめえ、なして目え見えねぐなったたな」

目が見えなくなったわけを訊ねると、キクは歩きながらぽつぽつと話しはじめた。

キクの話では、目が見えなくなったのはキクが三つの頃だった。

キクは新潟にある田野上《たのうえ》で生まれた。田野上は名立谷《なだちだに》の合間にある小さな村だ。

キクのお母《か》っちゃは、キクが三つのときに風邪をこじらせて死んだ。

お母っちゃの身体が悪くなったとき、キクも具合を悪くした。お母っちゃは咳《せき》がひどかったが、キクは下痢がひどかった。

七日の間、下痢が止まらず村の医者に診てもらった。医者は、下痢が続くなら赤痢だ、と言って薬を出した。薬を飲んだが下痢は止まらず、次第に眼が腫《は》れてきた。

お父《と》っちゃは、慌てて別の町医者にキクを連れていった。キクの目を診た町医者は、目が白くなっているからもうだめだ、と言った。町医者からそう言われた日、家に戻るとお母っちゃは死んでいた。お父っちゃは泣いた。キクも泣いた。だが、泣いた目から出てきたものは、涙ではなく膿《うみ》だった。

お母っちゃが亡くなってから五年の間、キクは婆《ばん》ちゃとお父っちゃの三人で暮らした。村の者が、田圃仕事も大変だろうから新しい嫁こをもらわねが、と家に来たことがあったが、お父っちゃはその話を断った。婆ちゃは、話を受けろ、と言ったが、キクが家で小さくならねばなんねえのはかわいそうだ、と話を突っぱねた。

お父っちゃは、キクをずいぶん可愛がった。村の者の手前、目が見えないキクを家の外には滅多に出さなかったが、春と秋の村祭りには必ず連れて行ってくれた。なにも見えなかったが、賑やかなお囃子と大勢の人の笑い声はいまでも覚えている、とキクは言った。

ハツエが家にやってきたのは、キクが八つのときだった。門付けにやってきたキクをハツエは、養女にほしい、と言った。お父っちゃは、キクを手放すことを嫌がった。だがハツエは諦《あきら》めなかった。お前さんの気持ちはわかる。だが、お前さんが死んだらこの子はどうする。一人で生きていける道をつけてやるのが親じゃないかね、と口説いた。

最初は、ぜったいやらね、と言っていたお父っちゃだったが、落ち着いて考えるとハツエが言っていることももっともだと思ったのだろう。キクをハツエのもとに養女にやることに決めた。

それでもお父っちゃは、いざとなると気持ちが揺れたようだ。ハツエの家に着き別れのときになると、やっぱりキクを手放すのは嫌だ、と泣いた。

ハツエは、お前さんが泣いたらキクも泣くから、とキクを家の外へ出した。トヨからせんべいを買ってもらってハツエの家に戻ると、お父っちゃはいなかった。

「それからおれは、高田のお母っちゃたちと旅をしてる」

高田のお母っちゃとは、ハツエのことらしい。

キクの話を聞いていた八彦は、胸がもやもやしてきた。

キクはなにも悪くない。キクのお母っちゃが死んだのも、目が見えなくなったのも、キクのせいではない。それなのにキクは、身の不幸を恨んだり泣きごとを言わない。なぜキクは泣かないのだろう。なぜ、血が出るほど辛い稽古を、放り出さないのだろう。

訊ねるとキクは、静かに言った。

「泣いたって、目が見えるようにはなんね。おれが泣けば、お父っちゃが笑われる。暇を出されれば、お父っちゃが貰った手切れ金を払わねばなんねぐなる。だから、おれは泣がね」

形《なり》は小さいが、声には世の幸も不幸もすべて受け入れているような重みがあった。遠くで山犬が吠《ほ》えた。驚いたのか、キクがなにかに躓《つまず》いて転んだ。

「だいじょうぶか」

八彦は慌ててキクの側に跪《ひざまず》いた。

「なんともねえ」

キクは言う。捲《めく》れた着物のあいだから膝小僧が見えた。擦り切れて血が出ている。八彦は腰に下げていた手ぬぐいを、膝にあてて言った。

「痛えべ」

キクは首を振った。

「痛くねえ」

皮が擦りむけて血が出ているのだ。痛くないわけがない。強がるキクにかける言葉が見つからず、地面にしゃがみこんだまま黙っていると、キクが立ちあがった。

「行くべ」

キクが言う。八彦は手ぬぐいを腰に結ぶと、キクの手を引いて歩きだした。

正造と長助が祭りから帰ってきたのは、夜半頃だった。

八彦が布団に横になっていると、戸口が開く音がしてふたりが寝屋に入ってきた。まだ祭り気分が抜けないのか、ふたりは浮かれた調子で鼻唄を歌っている。

「おう、泣きみす（※泣き虫）八彦」

正造が声をかけた。起きていると知れると、余計に絡まれる。八彦は寝ているふりをした。

「起きてるんだべ」

布団の上から、正造が背中を蹴《け》った。

「おめえ、あのちっこい瞽女さと一緒に、帰ったらしいな。ちっこくても、女子《おなご》は女子だ。尻のひとつも触ったが」

長助が笑い声をあげた。ふたりとも、かなり酒を飲んでいるようだ。

正造と長助はしばらく八彦に絡んでいたが、そのうち大人しくなり、部屋の隅でなにやらひそひそと話をはじめた。話の合間に、嫌な笑い声が混じる。こんな遅くまで、ふたりは何を話しているのだろうか。

ようやくうとうとしかけたとき、障子が開く音で目を覚ました。

布団から目だけを出すと、正造と長助が寝屋から出て行くところが見えた。便所だろうと思ったが、それにしては様子がおかしい。あたりを窺《うかが》いながら、足を忍ばせ部屋を出て行く。

嫌な感じがして、八彦は布団から起き上がった。障子をそっと開けて、あたりを見る。廊下の奥に、月明かりに浮かぶ正造と長助の後ろ姿が見えた。

ふたりは便所がある北側ではなく、反対の方へ歩いていく。やはり便所ではない。

正造たちは角を曲がり、廊下の奥へ姿を消した。

廊下の突き当たりには、キクたちが寝ている客間がある。こんな夜更けに、キクたちの部屋へなんの用事があるのか。

八彦は廊下へ出て、様子を窺った。

しばらくすると、キクたちの寝屋の方が騒がしくなった。なにやら言い争うような声と、人が取っ組みあっているような音がする。

——盗人《ぬすっと》だべが。

八彦はキクたちの寝屋へ向かって、駆け出した。

廊下の角を曲がり、突き当たりにある寝屋に向かう。閉じられている寝屋の障子を開けた八彦は、身体が凍りついた。

寝屋の中には、正造と長助、源二《げんじ》と武男《たけお》がいた。源二と武男は奉公人で、正造の三つか四つ上だ。正造と源二が、ハツエとトヨに馬乗りになっていた。

「おれから降りろ！」

正造の下で、ハツエが叫ぶ。

「なんかしたら、針で刺すすけ！」

身をよじりながら、トヨが怒鳴る。

正造たちはハツエたちを黙らせることに夢中で、八彦が来たことに気付いていない。静かにしろ、すぐに終わっから、などと言いながら、ハツエとトヨを上から押さえつけている。

部屋の隅を見ると、キクがいた。上に長助が跨《また》がっている。長助はキクの顔に尻を向ける形で、圧《の》し掛かっていた。キクは拳を握りしめて、長助の背中を叩いている。

「どけ！　あっちゃいげ！」

キクはもがく。赤い寝夜着の裾がはだけて、細い脚が見えた。

八彦は息を呑《の》んだ。

閉じた両足は膝のところで、腰ひもで結ばれていた。長助は腰ひもを解こうと、必死になっている。

見ると、ハツエとトヨも同じだった。両膝を合わせ、腰ひもで結んでいる。

「ぜったい、膝を割らせないすけ！」

トヨの叫び声に、キクたちが脚を縛っているわけがわかった。

女だけの道中、いつ男から寝込みを襲われるかわからない。ハツエたちは男から身を守るため、いつも脚を縛って寝ているのだ。

八彦は身体が熱くなった。握りしめた拳が震えてくる。

目が見えないキクは、ただでさえ目が見える者たちより苦労が多い。そのうえ、いつ降りかかるかもわからない恐ろしさを抱えながら、旅を続けている。それなのにキクは泣かない。こんなときでも歯を食いしばり、懸命に立ち向かっている。

両手をがむしゃらに振りまわすキクの姿に、八彦のなかで何かがはじけた。

八彦は、戸の錠にしているつっかえ棒を握ると、大きな声をあげながら長助に殴りかかった。

いきなり頭を殴られた長助は、悲鳴をあげながら床に転がった。正造や源二たちも、驚いてハツエたちから離れた。

「なにすんなや、八彦！」

正造が恐ろしい顔で怒鳴る。それでも八彦は止めなかった。声をあげながら棒を振りまわす。棒は音を立てて、正造や長助たちの顔や背中に当たった。

なぜ正造たちを殴っているのか、自分でもわからなかった。いつも苛める兄たちへの恨みなのか、キクを助けようとしているからなのか、わからない。ただ、涙が止まらなかった。八彦は流れる涙を拭いもせず、正造たちを殴り続けた。

八彦が棒を離したのは、騒ぎに気づいた屋敷の者が駆け付けてからだった。

桟を振りまわす八彦は、後ろから平次に羽交い締めにされた。

畳の上で呻《うめ》いている正造たちと、部屋の隅で固まっているハツエたちを見て、すべてを察したのだろう。平次は険しい顔で八彦に、先に寝屋に戻れ、と言った。

正造と長助が寝屋に戻ってきたのは、明け方に近かった。平次にこっぴどく叱られたのだろう。八彦は、仕返しをされるのではないか、と身構えていた。だが、寝屋に戻ったふたりは、肩を落としたまま床についた。

その夜、八彦は一睡もできなかった。眠れないまま、庭で囀《さえず》る小鳥の声を聞いた。棒で力いっぱい殴りつけた掌は、ひりひりとして痛かった。が、心は清々《すがすが》しかった。胸の底に淀《よど》んでいた澱《おり》が消えたようだった。

いつものように、厨へ薪を運び馬の世話を終えると、八彦は朝餉の席についた。

朝餉の場で、口をきく者は誰もいなかった。夜の騒ぎなどなかったかのように、黙って飯を口に運んでいる。正造と長助も、背を丸めながらひたすら箸を動かしている。八彦と目を合わせるのを、避けているように見えた。

昨夜の騒ぎで、八彦は奉公が一年延びた。

馬に飼葉をやっていると厩《うまや》に平次がやってきて、本多からの言伝《ことづて》を伝えた。どのような理由があれ、兄たちに怪我を負わせたのは悪い。罰として一年奉公を延ばす、というものだった。

故郷に帰る日が、一年延びた。しかし、八彦は自分がしたことを、悔いてはいなかった。むしろ、誇らしさを感じていた。

朝餉を終えて表に出ると、戸口のところに瞽女たちがいた。ハツエとトヨとキクの三人は、手に杖を持ち頭に饅頭笠を被っていた。次の村へ向かうのだ。ハツエは見送りに出た本多や家の者に向かって、深々と頭を下げた。

八彦は、中庭を横切りキクに駆け寄った。八彦を見つけた本多は、八彦を怒鳴った。

「なにしに来たなや。おめえは出んでいい」

昨夜のことを、まだ怒っているのだろう。

八彦は、忘れ物を渡すだけだから、と断って股引の腰袋から鈴を取り出し、急いでキクに握らせた。母親の梅からもらった鈴だ。

八彦は鈴を握らせながら、キクに小声で囁《ささや》いた。

「昨日みたいな目にあっても泣かないんだからこれからもおめえは、なにがあっても泣かねえべ。でも、どうしても泣きたくなったらこの鈴さ鳴らせ。おめえの代わりに泣いてくれる」

キクは顔を八彦に向けた。

「おれがもらってええのか」

八彦は言う。

「ええんだ」

キクは握っていた手を開いた。小さな手の中で、鈴はきれいな音を立てた。

ハツエたちが旅立つと、八彦は屋敷の裏庭から外へ出た。笹山のお稲荷さんへ駆け上り、下を眺める。

遠くまで見渡せるお稲荷さんからは、細い畦道《あぜみち》を行くキクたちが見えた。トヨ、ハツエ、キクの順に並んでいる。瞽女たちは、長く連なる青い山と土手に咲く菜の花を背に東へ向かって歩いていく。

小さくなっていくキクの姿を見ながら、八彦は心でつぶやいた。

――おれは、もう泣がねえ。

見送る八彦の耳に、風に乗って鈴の音が聞こえた。

――チリン、リン、リン。

八彦は石段を駆け下りると、蚕室へむかって走り出した。

サクラ・サクラ

海から上がると、浩之《ひろゆき》はマスクとスノーケルを外した。

足先につけているフィンを脱ぎ、ビーチチェアに倒れ込む。

真っ青な空が、目の前に広がる。さわやかな風が吹き、頭の上でヤシの葉が揺れた。

浩之はペリリュー島にきていた。パラオ共和国の数ある島のひとつで、大きな港のあるコロール島からボートで約一時間のところにある。広さは南北に八キロ、東西に三キロ。人口は約七百人といわれている。

フィジーやハワイのように、大型ショッピングモールや近代的なホテルはない。あるのはマリンブルーの海とビーチ、島で唯一の土産物屋、ダイブショップ、それからレストラン。宿泊はバンガローだ。

夏休みを利用しての旅行だった。去年、勤めていた会社が外国企業に買収され、外国人が上司になった。上司は事あるごとに、日本式のやり方を否定した。無能呼ばわりされ、自信を失った。鬱屈《うっくつ》した毎日から逃れたくてここへ来た。

もうひと泳ぎしよう——

腰を上げかけたとき、どこからか懐かしい唄《うた》が聞こえてきた。「さくら　さくら」だ。日本人の観光客が歌っているのかと思ったが、それにしては言葉が少したどたどしい。現地の人間が、口ずさんでいるようだ。日本から遠く離れた島で、なぜ日本古謡が歌われているのだろう。

浩之は立ち上がり、声をたどった。

導かれるように歩を進めると、ビーチの奥に日本の鳥居とそっくりの建造物があるのを見つけた。石材でできた鳥居の上に「ペリリュー神社」と日本語で書かれている。鳥居の奥には小さな祠《ほこら》があり、両脇にシーサーのような狛犬《こまいぬ》が鎮座している。

鳥居の手前にある階段に、ひとりの老人が座っていた。くたびれた麻のシャツに、半ズボンをはいている。現地の人間だ。老人はしわがれた声で歌う。

さくら　さくら　やよいの空は　見わたす限り
かすみか雲か　匂いぞ出《い》ずる　いざや　いざや　見にゆかん

老人の首から、麻ひもで結ばれた鈴がぶら下がっている。鍍金《めっき》が剝《は》がれた古いものだ。歌に合わせてチリンと鳴る。

「その歌をよくご存じですね」

浩之は片言の英語で訊《たず》ねた。老人は白く濁った目を浩之に向けると、日本語で答えた。

「島の年寄りは、たいがい歌える」

「日本語が話せるんですか」

浩之は驚いた。パラオの言語はパラオ語か英語だ。

老人は弛《たる》んだ瞼《まぶた》を押し上げるように、瞬きを何度もした。

「声が若い。あんた、まだいくつかね」

浩之は、今年で三十になる、と答えた。

「だったら、この島で戦争中、なにがあったか知らないだろう」

浩之は反射的にうつむいた。学校教育で、日本は戦時中にアジアでひどいことをしたと教わった。この島でも日本兵は、島民にむごいことをしたのだろう。

老人は視線を海に向けると、水平線の彼方《かなた》を眺めた。


第一次世界大戦後、パラオは日本の委任統治領になった。

太平洋《たいへいよう》戦争がはじまると、日本軍にとってパラオは、グアムやサイパンの後方支援基地として、重要な位置を占める要衝となった。それはアメリカにとっても同じだった。米軍にとってはフィリピン奪還の拠点として、なんとしてでも手に入れたい場所だった。

日本は米軍のパラオ攻略を防ぐため、関東軍《かんとう》最強と呼ばれた第十四師団をパラオに派遣した。そして、水戸《みと》歩兵第二連隊と高崎《たかさき》歩兵第十五連隊、およそ一万人を、ペリリュー島の守備に充てた。当時、島にはおよそ九百人の住民がいた。

日本はパラオに南洋庁を置き、稲作やさとうきび、パイナップルなどの栽培を教えた。道路をつくり電話もひいた。文字を持っていなかった人々のために尋常小学校を建て、日本語を教えた。病院をつくり、疾病対策として予防接種も行った。共生を図ろうとした日本を、パラオの人々は敬愛した。

しかし、戦況は日本にとって、次第に不利になっていった。そして、日本軍がペリリュー島に飛行場建設をはじめてから七年後の一九四四年九月。米軍が島へ艦砲射撃を行い、いよいよ上陸してくるとの情報が入った。その数およそ四万人。兵力はもちろん、装備の面でも戦力の差は歴然だった。

米軍が上陸するという二日前の夜、島民を代表して数人の若者が、日本軍総司令部を訪れた。守備隊長、中川州男《なかがわくにお》大佐と話をするためだ。

「夜遅くに、なんの用か」

軍服に身を包んだ大佐は、若者たちに椅子を勧めた。椅子に座ると若者たちは、固い決意を含んだ目で、大佐を真っ直ぐに見つめた。

「我々をあなた方とともに、戦わせてください」

島民が集まり、集会を開いてそう決めたという。

どこからか風が吹き、コンクリートの壁に映っている大佐の影が、大きく揺れた。

一番年嵩《としかさ》の若者が、大佐の方に身を乗り出した。

「島の人間の心は大人も子供も、日本とともにあります。生きるも死ぬも一緒です」

部屋の壁際に待機していた日本兵のなかには、目頭を押さえる者もいた。

若者たちの申し出を黙って聞いていた大佐は、閉じていた目を見開いた。いつもはおだやかな瞳《ひとみ》が、強い光を放っている。大佐は椅子から立ち上がると仁王立ちになり、若者たちを睨《にら》みつけた。

「貴様、帝国軍人を愚弄《ぐろう》するか！」

思いもよらない言葉に、若者たちは驚いた。

「いやしくも帝国軍人が、貴様ら島民と一緒に戦ができるか！」

大佐は踵《きびす》を返し、建物の奥へと戻っていく。若者たちは悲しみと屈辱を胸に、総司令部をあとにした。

若者たちは大佐の言葉を、集会場で待っていた島民に伝えた。島民は誰もが信じられないという顔をし、茫然《ぼうぜん》とした。なかには悔しさのあまり、泣きだす者までいた。

ある男が言った。

「表向きは仲良くなれたと思っても、所詮《しょせん》、国も民族も違う。仲間だと思っていた私たちが、浅はかだったのかもしれない」

翌日、島民は日本軍が用意した船で島を離れ、パラオ本島へ去ることに決めた。支度を整え、すべての島民が船に乗り込んだときには、夜になっていた。

出航をまえに、島民たちは浜辺を眺めた。月が美しい晩だった。浜辺にヤシの木の影ができていた。あたりは風にそよぐヤシがいつもどおり揺れているだけで、変わったことはなにもなかった。

「もう行こう」

誰かが言った。

汽笛が鳴った。

船がゆっくりと動き出す。

浜を離れ、沖へと向かう。

そのとき突然、浜の方から大きな歓声が聞こえた。驚いて島を見ると、そこには浜を埋め尽くすほどの日本兵がいた。ある者は千切れんばかりに両手を振り、ある者は船に向かってなにやら叫んでいる。島民の見送りに来たのだ。歓声はいつしか、歌に変わっていた。日本兵がよく歌っていた「さくら　さくら」だ。

さくら　さくら　やよいの空は　見わたす限り
かすみか雲か　匂いぞ出ずる　いざや　いざや　見にゆかん

月明かりのなか、日本兵は声を限りに歌う。

兵士の真ん中に、中川大佐がいた。直立不動のまま口を大きく開け、歌っている。

島民はやっと気づいた。昨日の大佐の言葉は、民間人である島民を戦いに巻き込みたくないがために言った、偽りの言葉だったのだと。

いつしか、島民も歌っていた。船の縁《へり》から身を乗り出し、誰もが泣いていた。日本兵の優しさに感謝し、涙した。

日本兵の歌声は、波の音に消されることなく、船が遥《はる》か沖へ出るまで聞こえていた。

「……その後、日本軍はどうなったんですか」

浩之は訊ねた。

「軍事力から見てアメリカ軍が上陸したら、ペリリューは二、三日で陥落すると言われていた。しかし、日本軍は決死の敢闘を見せ、米軍上陸開始から二ヵ月半、持ちこたえた」

「二ヵ月半も……」

「のちに、太平洋艦隊司令長官だったニミッツ提督は『制空、制海権を手中にした米軍が、一万人余りの甚大なる死傷者を出してペリリューを占領したことは、いまもって大きなナゾである』と言ったそうだ。本土からの補給が一切なく、物資や食糧が不足していくなかで日本兵は、アメリカ軍の猛攻によく耐えたと思う。想像を絶する殲《せん》滅《めつ》戦になるとわかっていたから、中川大佐は島民を本島に逃がしたんだ」

「中川大佐という人は、どうなったんですか」

老人の、いまは光を映さなくなった瞳が、わずかに揺れる。

「司令部陣地の弾薬が尽きたとき、中川大佐をはじめとする上級将校は割腹自決を遂げた。そのあと、本土に電文が送られた。文面はサクラサクラサクラの九文字。軍旗を奉焼し、玉砕を伝える暗号電文だった」

老人は空を見上げた。

「終戦後、島に戻った島民は、おびただしい数の日本兵の死体を見た。島民は亡骸《なきがら》を丁重に弔うと、このペリリュー神社に御霊《みたま》を祭った」

浩之は老人の後ろにある、小さな祠を見た。

「あんたにも、島民を救ってくれた日本兵と同じ血が流れているんだよ」

自分にも、同じ血が――

浩之は自分の手のひらを見た。皮膚の下を流れている、細い血管を見つめる。開いた手のなかに、自分を無能呼ばわりする上司の顔が浮かんだ。その顔を握りつぶすように、手を強く閉じる。

「わしはこの地を訪れる日本人たちに、この話を何度となくしてきた。わしらの命を救ってくれた、誇り高き日本兵の話を語り継ぐために」

――わしら。

浩之は老人を振り返った。たったいままでいたはずなのに姿がない。

「おじいさん」

呼びかける。

返事はない。

風が吹いた。

近くで、チリン、と鈴の音がした。

音の先を見る。祠の右側に座っている狛犬の首から、麻ひもで結ばれた鈴がぶら下がっていた。鍍金が剝がれた古いものだ。

――チリン。

風が吹くたび、狛犬の首で鈴が鳴った。

お薬増やしておきますね

ブラインド越しに、柔らかい陽が差しこんでいる。

格子状の白い光の中に、細かい塵《ちり》が漂っている。ガラス製の培養用シャーレの中でうごめく、なにかしらの細胞のようだ。

本木理沙《もときりさ》は、手にしていた患者のカルテを確認した。柴田薫《しばたかおる》。三十二歳。病名は妄想性パーソナリティ障害。備考欄に空想虚言癖とある。

このところ、全国で患者の取り違えによる医療事故が起きている。院内では患者の本人確認を徹底するよう指導が出ていた。理沙はもう一度カルテに目を通すと、医師の机の上に置いた。

理沙が看護師になって、この春で二年になる。

東陽《とうよう》大学付属病院に内定が決まったとき、迷わず精神科への配属を希望した。もともと精神医学に興味があり、その方面の科目を履修してきたことも理由のひとつだが、一番の理由は、精神科医である杉山鈴子《すぎやますずこ》のもとで働きたい、と思ったからである。

杉山がいかに優れた医師であるかという話は、看護学校時代から耳に入っていた。

生まれは神奈川。地元の有名進学校を卒業したあと、医科大学としては国内では有数の東陽大学医学部に入学。ストレートで医師免許を取得し、精神科の臨床研修医として付属病院に勤務した。

精神科医になって四年、まだ三十歳という若さで権威ある日本精神神経学会で論文を発表したり、臨床研究セミナーの講師を務めるなど、医療現場以外の場所でも精力的に活動している。

しかも、杉山は医師として優秀なだけではなく、女性としても魅力的だった。

杉山は医学界では有名人だった。研修先の先輩看護師たちは、医師たちの噂話になると必ずといっていいほど、杉山の名前を口にした。誰もが口をそろえて、東陽大学付属病院の杉山先生はモデルでも通用する、と言った。長身瘦軀《そうく》で手足が長く、目鼻立ちが整っている。街の雑踏の中でも、ぱっと目を引く容姿だという。「天は二物を与えるのよね」と先輩看護師たちは、諦《あきら》めと羨望《せんぼう》が入り混じった表情で言っていた。

杉山とはじめて会ったのは、勤務初日だった。朝礼で自己紹介をする理沙に杉山は、現代のストレス社会における精神科の役割を説き「一緒にがんばりましょうね」と笑みを送った。聡明《そうめい》なうえに美しい杉山は、理沙にとって憧《あこが》れの女性となった。

看護師の仕事は楽ではない。体力的にも精神的にもかなりきつい。特に精神科は心を病んでいる患者といると自分の心も引きずられ、気持ちが落ちそうになる。だが、どんなにしんどくても、杉山の凜《りん》とした姿を見ていると元気が出た。杉山のもとで仕事が出来ることに、喜びと充実感を覚える。

理沙は深く息を吸い込むと、ゆっくりと吐いた。

——大変な仕事だけど、がんばろう。

気持ちを引き締め、診察室のドアを開ける。

「先生、準備ができました」

呼ばれて診察室に入った。椅子に腰かける。目の前に座っている患者を眺め、看護師に確認をとる。

「患者本人に、間違いないわね」

看護師が答える。「はい。間違いありません」

本来ならば、患者自身に本人確認を行うべきだが、この患者は空想虚言癖がある。彼女の場合、自分を医師だと思い込んでいる。本人に名前を訊《たず》ねても、本名が返ってくるとは限らない。看護師に訊ねたほうが、間違いがない。

さて、診察開始だ。

椅子ごと患者に身体を向けて、にこやかに微笑みかける。

「体調はどう」

訊ねると、患者は逆に問い返した。

「あなたは、どうですか」

胸を張って、白衣の襟を正す。

「私はいつもと変わらないわ。ちょっと風邪気味だけど、早めに薬局で薬を買って飲んだから大丈夫。元気よ」

「薬局で？」

患者は眉《まゆ》をひそめ、険しい顔をして言った。

「だめよ。病院から薬を処方されている場合、市販薬を服用するときは薬剤師に相談しなければいけないわ。飲み合わせがあるんだから。次からはちゃんと薬剤師の指導を受けてね」

すっかり医師気取りだ。込み上げてくる苦笑いを押し止《とど》め、問診を続ける。

「睡眠は、よくとれてる？」

患者は小さく笑いながら、首を振った。

「いいえ。仕事が忙しくて」

仕事のストレスによる不眠だ。脳が緊張していると寝付きが悪くなり、眠りも浅くなる。身体は寝ていても脳が覚醒《かくせい》しているため、疲れがとれない。ワーカホリック気味の人間にとっては難しいことだが、積極的休養をとることも必要だ。

そう説明すると患者は、そうですね、と同意した。

「食欲はある？　三食きちんと食べてるの」

こんどは、大丈夫、というように肯《うなず》いた。

「時間は不規則だけど、三食きちんと摂《と》ってます」

食欲があるならば、睡眠障害があっても大事はない。投薬しているドグマチールが、効いているのだろう。ドグマチールには精神の安定とともに、食欲増進の効能がある。

患者は私の全身を上から下まで眺めると、切り返してきた。

「あなたこそ、ちゃんと食べているんですか。少し痩《や》せたように見えますけれど」

溜《た》め息をつき、首を軽く振る。

「たしかに少し体重が落ちたかもね。スカートのファスナーが緩いもの」

ひと月後に学会での論文発表を控え、準備に追われている。ここ最近、ゆっくり食事をした覚えがない。気がつくと、朝からなにも食べていないこともある。

そう答えると、患者は憐《あわ》れむような目を向けた。同じ多忙の身でも、まだ不規則ながらも三食摂れる自分のほうがましだ、とでも思ったのだろう。医師が患者から情けをかけられる。立場が逆だ。息を大きく吸い、空元気を出す。

「大丈夫。学会が終われば少しは時間が出来るから、体重も戻るわ。この仕事は体力勝負でもあるから、体調に気をつけないとね」

「そうですよ」

患者は子供に言い聞かせるような口調で言った。

「なにより身体が大事です。健康な精神は健康な身体からってよく言うでしょう。バランスのいい食事を心掛けないと」

患者に心配されるようでは、医師として失格だ。

「善処するわ。ありがとう」

肩をすくめながら礼を言う。

患者は満足げに微笑むと、椅子の背にゆったりともたれながら訊ねた。

「最近、気持ちが落ち着かないとか、イライラするといったことはないですか」

診察をしているつもりなのだ。刺激しないように、話を合わせる。

「ええ、大丈夫よ」

「わけもなく急に泣きたくなったり、気が塞《ふさ》いだりすることは？」

「時にはね。でも、多かれ少なかれ、そんなこと誰にでもあることよ。問題じゃないわ」

「そんなときはどうするの」

笑いながら、投げやりに言う。

「全部放り出して、さっさと寝ちゃう」

患者は、気持ちが不安定になった場合の対処法を語りはじめた。利き手の拳《こぶし》を強く握り、ゆっくりと呼吸をする。息を吸うときに冷たい空気が体内を満たすイメージを持ち、吐き出す際に体内で温まった息を出すように考える。息を吐くときに、握っている拳の力を徐々に緩める。これを、拳から完全に力が抜けるまで繰り返す。そうすることにより、呼吸が安定し精神が整うのだという。

メンタルトレーニングに関する書籍を、いろいろと読み込んでいるのだろう。

「よく調べたわね」

感心しながら言うと、患者は困ったように笑った。

「仕事ですから」

急に、患者が不憫《ふびん》になった。

患者の多くは、症状が激しい急性期から穏やかになる安定期へ移行する。しかし、彼女の場合、最初に受診した当初から症状が次第に重くなってきている。彼女の中で自分は、優秀な女医なのだ。

患者は、見た目は悪くない。白衣から覗《のぞ》く脚は膝《ひざ》から下が細く形がいい。顔の造りも、世間一般で言う美人の部類に入ると思う。形のいい眉に、高い鼻梁《びりょう》、涼やかな切れ長の眼は美しいだけでなく怜悧《れいり》な印象を人に与える。病さえ患っていなければ、きっと豊かな人生が送れていただろう。

「あの」

静まり返った診察室に、看護師の声が響いた。

「薬はどうしましょうか」

患者は私の機先を制し、そうねえ、とつぶやくと、少し増やしましょう、と答えた。

「脳内の伝達物質のバランスが悪いと、ドーパミンやセロトニンが足りなくなるの。それらが不足すると、精神が不安定になるわ。そうならないように、薬で補いましょう。身体が慣れるまでめまいや悪心《おしん》、傾眠が見られるかもしれないけれど、次第になくなるはずだから、安心して服用してください」

私の見立てと同じだ。堂に入《い》っている。なにも知らない者が見たら、本当の精神科医だと信じるだろう。

腕時計を見る。部屋に入ってから二十分が過ぎている。今日の診察はここまでだ。

「それでは、また二週間後に」

席から立ち上がる。患者が軽く頭を下げた。

「はい、二週間後に」

診察室を出るためにドアへ向かう。ドアノブに手をかけたとき、看護師が私に声をかけた。

「じゃあ、お薬増やしておきますね。柴田先生」

悠然と微笑みながら、柴田が部屋を出ていく。

柴田が部屋から出ていくと、理沙は詰めていた息を大きく吐いた。柴田の病状は次第に悪くなっていく。受診しはじめた頃は、名前だけで呼んでも問題はなかったのに、いまでは名前の下に先生とつけないと、顔を真っ赤にして怒る。服装もそうだ。女装だけならまだしも、次第に妄想がエスカレートし、最近では自前の白衣を着てくるまでになった。病とはわかっていても、大の男が髭剃《ひげそ》りあとが目立つ顔にロングウェーブのウィッグをつけ、スカートの裾《すそ》からすね毛が目立つごつい脚をのぞかせている姿は、やはり異様だ。

杉山医師は次の患者のカルテを開くと、理沙に向かってきびきびとした声で言った。

「さあ。次の患者さんが待ってるわ。呼んでちょうだい」

理沙は気持ちを切り替えると、診察室のドアを開けた。

「次の方、どうぞ」

初孫

ホテルのバーラウンジは閑散としていた。ざっと見渡すかぎり、客はカップルがひと組いるだけだ。口開けのこの時間を選んだのは、やはり正解だった。

畑中啓一《はたなかけいいち》は書類カバンから封筒を取り出すと、それが壊れ物でもあるかのように、そっとテーブルに置いた。

「これが、例のものだ」

向かいの席から、藤堂《とうどう》が手を伸ばす。慣れた手つきで封を開け、中身を確認した。

テーブルの上には、エスプレッソのカップがふたつ置かれている。藤堂は下戸だし、啓一もまだ仕事が残っていた。

「たしかに、本人と息子さんのものなんだな」

啓一は溜《た》めていた息をそっと吐き出し、黙って肯《うなず》いた。

藤堂は封筒を自分のカバンに収め、眼鏡を指で押し上げた。エスプレッソを口に運びながら、窺《うかが》うように視線をくれる。

「依頼人はやっぱり、政治家なのか」

藤堂の目には、抑えきれない好奇心が浮かんでいた。

「それは口が裂けても言えないんだ。悪いな」

啓一は大手新聞社の政治部に籍を置いている。与党担当のキャップになって三年目だ。仕事一筋でこれといって趣味はない。

そんな啓一が言う、名を明かせない著名人——藤堂の頭に、真っ先に政治家の存在が浮かんだのも当然だろう。

「しかし、こんな重大な秘密を託すって、それだけ信用があるってことだろ。すげぇな」

感心するように、藤堂は言った。

啓一は顔色を悟られぬよう、俯《うつむ》いて曖昧《あいまい》に首を振った。

「お前のことを以前、ぽろりと漏らしたからな。それでだろう」

藤堂は大学で遺伝子の研究をしている。来年には教授に手が届こうかという、新進気鋭の生物工学者だ。高校時代からの一番の親友だった。

渡した封筒には、ふたりの人間の口腔《こうくう》内細胞が入っていた。だがそれは、藤堂が思っているような政治家親子のものでもなければ、大物俳優のものでもなかった。

ひとつは啓一、もうひとつは五歳になる息子、悠真《ゆうま》のものだ。

啓一は、妻の美幸《みゆき》と悠真、自分の父親である壮一郎《そういちろう》の四人で暮らしている。

美幸と知り合ったのは、二十七歳のときだった。いまから十五年前、地方の警察回《さつ》りを終え、晴れて本社の政治部に配属された啓一の部署に、美幸が雑務を担当する派遣社員としてきたのだ。

ひと目見て、啓一は美幸を気に入った。それほど美人ではないが、話し方が穏やかでいつもにこにこしている。笑うと右頬にできる笑窪《えくぼ》が、愛らしかった。同い歳ということもあり、話も合った。

ふたりが付き合うまで、さほど時間はかからなかった。美幸には、遊びの女に求める強い刺激はないが、常識的な金銭感覚や、心を癒《いや》してくれる優しさがあった。

プロポーズを決意したのは、知り合って三年目の春だった。啓一が結婚の条件のひとつに考える、舅《しゅうと》との同居を受け入れてくれたことも、決断の要因だった。

母親の綾子《あやこ》は啓一が六歳のときに膵臓癌《すいぞうがん》で他界した。当時、壮一郎は働き盛りの三十六歳。九州《きゅうしゅう》から上京して大学卒業後、東京の製薬会社に勤務していた。父子家庭になったあと、壮一郎はひとり息子の啓一を、手塩にかけて育てた。

朝五時に起きて学校の弁当を作り、保護者参観にも必ず顔を出した。休みの日は、疲れた身体に鞭打《むちう》ち、啓一を遊園地や魚釣りに連れて行った。目の中に入れても痛くない、可愛がりようだった。

啓一が高熱を発したとき、壮一郎は会社を休んで看病した。

「お前は畑中家の、たったひとりの大事な跡取り息子だ。熱なんかに負けるな！」

啓一の額を氷で冷やしながら、壮一郎は何度もそう励ました。

妻を早くに亡くし、会社勤めと慣れない子育てに翻弄《ほんろう》された父親を、孤独な独居老人にしたくなかった。できれば、孫と一緒に暮らす父親の笑顔を見たかった。

交際中に、何度か美幸を自宅に呼んで、壮一郎と会わせた。美幸は舅の存在を疎ましがる様子もなく、天真爛漫《らんまん》な笑顔で接した。壮一郎も美幸が気に入ったようで、啓一に、早く孫の顔を見せろ、と結婚を急《せ》かした。

結婚してしばらく、子宝に恵まれなかった。が、子供なんて、そのうち自然に出来るもんだ、と軽く考えていた。

しかし、五年目になると、焦りと不安が湧いてきた。美幸も同じように感じていたようで、日が経つにつれ笑みが消え、暗い表情で考え込むことが多くなった。かつての同僚が妊娠したという話を聞けば落ち込み、テレビで新生児用のおむつのコマーシャルを見ることすら嫌がるようになった。

医者に相談しようかしまいか。悩んでいた啓一の背中を押したのは、壮一郎だった。

壮一郎は、美幸が風呂《ふろ》に入っているとき啓一を茶の間に呼んで、思い切って不妊外来を受診してみてはどうか、と勧めた。

「美幸さんも、今年で三十五歳になる。まだまだ子供を産める年齢ではあるが、女は歳を重ねるにつれ、子供を授かる確率が減ってくることも事実だ。もし、どちらかに問題があるのなら、早く治療した方がいい」

壮一郎の言葉を受けて、啓一は美幸と共に不妊外来の門をくぐった。

診察の結果、子供が授かりにくい原因は、啓一にあることがわかった。精子無力症、それが啓一の症状名だった。精子の数に問題はないものの運動量が少なく、受精率が低い原因になっているという。治療法としては漢方薬やビタミン剤を服用し、定期的に精液の検査を行う。それで改善が見られなければ、母体側の治療も考慮するとのことだった。

ショックだった。自分の存在意義を否定されたような気分だった。落ち込んで、しばらく食事が喉《のど》を通らなかった。

結果を知った壮一郎は、申し訳ない、と美幸にひたすら頭を下げた。美幸は誰も責めなかった。逆に、頑張って不妊治療を続けます、と笑顔を作った。

明るく振る舞う美幸だったが、悩んでいることは傍目《はため》にもわかった。自分に非が無いとはいえ、子供を授かる可能性が低いことに変わりはない。以前にもまして口数が減り、いつもぼんやりと生気のない顔で遠くを見つめている。

見かねた壮一郎は、美幸に習い事を勧めた。少しでも気分転換になれば、と思ったのだろう。仕事が忙しく家を空けがちだった啓一も、壮一郎の意見に賛同した。美幸はあまり気が乗らないようだったが、ストレスは身体によくない、との説得に重い腰を上げた。

美幸は地域のテニスサークルに入会した。週に二回、夜の七時から九時まで、近くにあるスポーツセンターに通った。身体を動かすことは心を軽くする作用があるらしく、美幸は次第にもとの明るさを取り戻していった。

美幸が妊娠したのは、不妊外来を受診してから一年後のことだった。医者から処方された漢方薬が効いたのか、それとも美幸が心身ともに健康になったことが幸いしたのか、それはわからない。啓一は天にも昇る気持ちになった。

担当医は喜びに目を潤ませている美幸の肩を叩《たた》きながら、新しい命の芽生えを祝福した。

「こんな短期間で妊娠するのはめずらしいケースですよ。幸運でしたね。本当におめでとうございます」

予定日を一週間過ぎた日、美幸は体重三一〇〇グラムの健康な男の子を産んだ。悠真という名前は壮一郎がつけた。悠々として真心のある子供に育ってほしいという願いが込められていた。

美幸は悠真を慈しみ、壮一郎もやっと授かった初孫を溺愛《できあい》した。まだ首が据わっていない赤子に頬ずりをしながら、これで畑中家も安泰だ、と喜んだ。

幸せな日々に影が差したのは、悠真が四歳になったときだった。幼稚園に入園するにあたり、悠真の健康状態を伝える健康カードなるものを提出することになった。

リビングのテーブルに置いてあったそれを何気なく手に取ると、血液型の欄に、美幸の字で、O型と書かれていた。

目を疑った。美幸と自分はともにA型だ。なぜ悠真もAではないのか。

我を忘れて、啓一は美幸に詰め寄った。美幸は啓一の剣幕に気圧《けお》されたのか、AとAのあいだには、Oの子供が生まれることがある、と唇を震わせた。

ネットで調べると、低い確率ではあるが、A型の両親からO型が生まれることはたしかにあった。しかしなぜ、美幸はいままでそれを話さなかったのか。

啓一の脳裏に、ある男が浮かぶ。美幸を一度、遅くなったからと車で家まで送ってきた、テニスサークル仲間だ。

そいつは、三十代前半の優男だった。真っ黒に日焼けした顔から白い歯を覗《のぞ》かせ、夜だというのにサングラスをかけていた。

まさか――

美幸に限ってそんなはずはない。あれは貞操観念の固い女だ。結婚するまではと肉体関係を拒んだし、啓一がはじめての男だった。

しかし、一度浮かんだ疑念は、いくら払拭《ふっしょく》しようとしても、啓一の頭から消えなかった。ふとした折に、不妊外来の担当医の言葉が蘇《よみがえ》る。

――こんな短期間で妊娠するのはめずらしいケースですよ。

サークルは辞めているが、美幸の携帯には、いまでもテニス仲間からメールがくる。ママ友だよ、と言って見せてくれたことがあるが、あの男が女の名前でメールしてきているのかもしれない。啓一が仕事で留守のとき、壮一郎に悠真の世話を頼み、ときどきテニスに出かけているようだ。

美幸への疑惑は次第に強まり、よく眠れない日が続いた。そんなとき、テレビで有名タレントが、自分の子供のDNA鑑定を行ったという話題を目にした。いまの時代、口腔内細胞さえあれば、簡単に親子鑑定ができるという。

疑念を拭《ぬぐ》い去るには、これしかない――

その日のうちに、啓一は藤堂へ電話をかけた。

ホテルのバーラウンジで藤堂と別れてから二週間後、携帯に連絡があった。

胸が大きく脈打つ。

啓一は美幸に、仕事の電話が入った、と断り、自分の書斎へこもった。家族はみな、夕食を終えてリビングでくつろいでいる。

「結論から言おう」

藤堂は前置きせずに本題を切りだした。

「このあいだ受け取ったDNAだが、親子関係は認められなかった」

眩暈《めまい》がした。やはり、という思いと、信じられない、という思いが、頭のなかで交錯する。

言葉を失っている啓一の耳に、藤堂の含み笑いが響いた。

「だがな、血縁者ではある」

意味がわからず茫然《ぼうぜん》とする啓一に、藤堂は説明した。

DNA鑑定には親子関係を示す親子指数や、兄弟関係を示す兄弟指数というものがある。受け取ったDNAは、親子指数はゼロだったが、兄弟であることを示す数値が高かった。

「母親由来の遺伝子は一致していない。諸々《もろもろ》の数値を勘案すると、おそらくふたりは、母親が違う兄弟だな。いわゆる異母兄弟ってやつさ」

異母兄弟――言葉の意味を把握するまで、時間がかかった。

つまり悠真と俺は、同じ父親を持つ兄弟、ということか。

――これで畑中家も安泰だ。

壮一郎の笑い声が、耳朶《じだ》の奥で呪詛《じゅそ》のように粘りついた。

原稿取り

昭和五十六年　夏

鎌倉《かまくら》駅に降り立った甲野修平《こうのしゅうへい》は、江ノ電《えのでん》から横須賀《よこすか》線に乗り換えた。

乗車口に駆け込むと同時に、電車が発車する。

甲野はほっと息を吐くと、額に浮いた汗を手の甲で拭《ぬぐ》った。なにがあっても、この最終電車に乗り遅れるわけにはいかなかった。

甲野は文芸誌「小説大河《たいが》」の編集者だ。いま手にしている書類カバンの中には、明日の朝一番に入稿しなければいけない原稿が入っていた。

作者は高林光一郎《たかばやしこういちろう》。作家歴四十年のベテランで、本を出せば必ず数十万部は売れるベストセラー作家だ。全国的に名前を知られた大家だが、業界では筆が遅いことでも有名だった。

今日、甲野は朝から鎌倉の由比《ゆい》ガ浜《はま》にある高林の仕事場に行き、原稿が上がるのを待っていた。最近はＦＡＸを導入する作家が増えているが、昔気質《むかしかたぎ》の高林は手渡しを好んだ。昼食を摂《と》りに行く以外は、仕事部屋の隣にあるリビングで待たせてもらった。執筆の邪魔をしないよう、出来上がるまでただひたすら待った。

　高林の小説「荒野の夜が明けるまで」は、小説大河で長期連載中の作品だった。三年半にわたった連載は今回が最終回で、結末を楽しみにしている読者がたくさんいる。

　朝、編集部を出ようとすると編集長の上村優一《うえむらゆういち》は、鬼のような形相で「死んでも原稿をとってこい！」と甲野を送りだした。

　原稿は終電にぎりぎり間に合う時間に、ようやく仕上がった。高林は、上蓋《うわぶた》を紐《ひも》で閉じるタイプの書類袋を差し出しながら、甲野に言った。

「この原稿は、私が心血を注いで書いた最終回だ。絶対に失くさないでくれよ。それから、原稿は社に帰って読むように。前にある編集者が、渡した原稿を電車の中で読もうとして車中にばらまいたことがあった。原稿は乗客に踏まれて、半分だめになった。くれぐれも頼む」

　真夏なのに、甲野は寒気を覚えた。自分の手違いで原稿をだめにしたら、首切りものだ。

「社に着くまでカバンから出しません。大切に持ち帰ります」

　そう答えると甲野はカバンを抱きしめ、慌ただしく高林の仕事場を辞去した。

甲野は周りを見回した。平日の上り最終電車は空《す》いていた。観光帰りらしい女性や、スーツ姿のサラリーマン、ポロシャツにチノパン姿の男性客らが、散らばって座っている。みな、一定の距離を保って座っているため、人と人のあいだは微妙に開いていた。

甲野の体重は八十キロある。肥《ふと》った甲野があいだに座ると、肩が触れ合いそうな間隔だ。少しでもゆとりのある席を探す甲野の目に、大人が三人は座れそうなほど開いているスペースが映った。乗車口の近くだ。

あそこに座ろう、と席に近づいた甲野は、なぜそこだけ穴が開いたように誰も座っていないのか理解した。

乗車口のそばに、男がひとりいた。歳は五十歳くらいだろうか。両足をだらしなく前に投げ出し、窓に後頭部をつけて上を仰いでいる。男は見るからに酔いつぶれていた。高いびきまでかいている。

男のそばに座るべきか、甲野は迷った。東京まで一時間半、男の高いびきと酒の臭いに耐えられるだろうか。もし、男が途中で目覚めて、絡まれたらどうしよう。別の席にしようか、と考えた。が、ホームを全力疾走し、ワイシャツが背中に張りつくぐらい汗をかいた身体で、相手と肩が触れるほど狭い席に着くのは憚《はばか》られた。

――いびきや酒の臭いは耐えればいい。男が目を覚まして絡んできたら、そのときに席を変えればいい。

甲野は男から、ひと席分あいだを開けて座った。腰を下ろした甲野は、原稿が入ったカバンを胸に抱きしめた。

電車が戸塚《とつか》駅に着いた。数人の男女が乗車してくる。乗客はそれぞれ散らばって、席に着いた。

甲野の近くには、ふたりの男が座った。ひとりは中年で、甲野と席をふたつ分開けた場所に座った。もうひとりの青年は、甲野の向かいに座った。青年はキャップを目深に被《かぶ》り、ジーンズのポケットに両手を突っ込んで俯《うつむ》いている。

電車が発車する。

見るとはなしに、向かいに座っている青年を眺めていた甲野は、嫌な予感を覚えた。キャップの鍔《つば》から覗《のぞ》く目は、異様に鋭かった。ある一点を、じっと見つめている。

青年の視線は、酔いつぶれて寝ている男性のセカンドバッグに注がれていた。セカンドバッグは、無造作に男の脇に置かれている。誰かが持ち去っても、すっかり寝入っている男性は気がつかないだろう。

――危ないな。

甲野は思った。だが、見ず知らずの男性をわざわざ起こし、注意を促すのも躊躇《ためら》われた。

電車が東戸塚《ひがしとつか》駅に着いた。

ドアが開く。と同時に、青年は勢いよく席から立ち上がると、男性のセカンドバッグを摑《つか》み電車を飛び降りた。

——やりやがった！

「泥棒！」

甲野は叫びながら、反射的に立ち上がった。そのとたん、身体に衝撃を覚えた。甲野の近くに座っていた中年の男が、甲野に体当たりして電車を降りて行ったのだ。

あっ、と気付いたときは遅かった。男がぶつかった瞬間、胸に抱えていたカバンがなくなっていた。

——やられた！

「ま、待て！」

甲野は男のあとを追って、電車を飛び降りた。中年の男は、階段を駆け下りて行く途中だった。男を全速力で追う。だが、甲野が階段を下りたとき、すでに男の姿はなかった。改札のそばにあるトイレをのぞく。誰もいない。

甲野は窓口にいる駅員に、駆け寄った。

「あの、いま改札を中年の男が出て行ったはずですが、どっちに行ったかわかりませんか」

駅員は乗客ひとりひとりの行き先など、確認していなかった。甲野は荒い息を吐きながら、項垂《うなだ》れた。

――はめられた。

キャップを被った青年と中年の男は、グルだったのだ。酔っ払いのセカンドバッグはおとりで、本当の狙いは甲野の書類カバンだったのだ。大事に抱えているカバンの中に、大金か金目のものが入っていると思ったのだろう。酔っ払いのセカンドバッグを先にかっぱらい、動揺した甲野が書類カバンへの注意を怠ったところを狙ったのだ。

顔から血の気が引いていく。

高林先生の原稿を、紛失してしまった。事故に遭ったようなものとはいえ、自分の落ち度だ。自分がもっとしっかりカバンを抱えていれば、盗《と》られることはなかった。

――どうしよう。

甲野は指示を仰ぐため、公衆電話から編集部に連絡を入れた。上村はまだ残っていた。甲野が事情を伝えると、上村は受話器の向こうで怒鳴り声をあげた。

「お前、なにやってんだ！　身体を張ってでも原稿を守るのが、編集者の仕事だろうが！」

　甲野の手が震えてくる。

「ど、どうしたらいいでしょう」

　声も震えていた。

　上村は、吐き捨てるように言った。

「土下座して、原稿をもう一度書いてもらうしかねえだろ！　原稿が落ちたら、お前はクビだ！」

　電話が乱暴に切れる。

　クビ。甲野の耳に、上村の怒声がこだましている。

　──なにがなんでも、原稿をいただかなければ。

　受話器を置いた甲野は、ワイシャツの胸ポケットに入れていた手帳を取り出した。ページを開き、高林の電話番号を探す。見つけると甲野は、テレホンカードを入れ直し番号を押した。

　数回のコールで、電話が繋《つな》がった。

「はい」

先生の声だ。

「夜分遅くすみません。甲野です」

極度の緊張状態で、声が裏返る。甲野は自分に、落ち着け、と言い聞かせた。深呼吸をして、つい先ほど起きた出来事を高林に伝える。話し終えた甲野は、見えない相手に向かって深々と頭を下げた。

「今回のことは、すべて私の落ち度です。先生になんとお詫《わ》び申し上げてよいか、言葉もありません」

黙って話を聞いていた高林は、そうか、とひと言つぶやいた。甲野のこめかみを、汗が伝う。口の中に溜《た》まった唾《つば》をごくりと飲み込むと、甲野は受話器を両手で握りしめた。

「つきましては、先生にお願いがございまして……」

もう一度原稿を書いてください、そう頼みたいのだが口から言葉が出てこない。言い淀《よど》んでいると、高林が話を切りだした。

「原稿が盗まれたとなると、私はまた書かなければならない、ということだね」

甲野は下げていた頭をいきおいよくあげると、受話器に向かって叫んだ。

「そうなんです、先生！　お願いします。も、もう一度、お原稿をいただけませんでしょうか！　お、お願いします」

懇願する声に、嗚咽《おえつ》が混じる。

高林は落ち着いた様子で答えた。

「仕方ないだろう。原稿を落とすわけにはいかないからね。私はいまから、もう一度原稿を書く。明日の朝、取りに来なさい」

「あ、ありがとうございます！」

電話を切ると、全身から力が抜けた。

——首が繋がった。

甲野は咽《むせ》び泣きながら、その場にへたへたと座り込んだ。

受話器を置いた高林は、苦笑いを浮かべ、深く息を吐いた。

「運というやつは、どこに転がっているかわからんな」

思わず口から洩《も》れる。

甲野が帰るまでに原稿を仕上げようと頑張ってみたものの、どうしても筆が進まなかった。原稿に詰まり、二進《にっち》も三進《さっち》もいかなくなった。時間を稼ぐしかない。

ひとまず白紙の原稿を渡して、甲野を帰そう。甲野が帰ったあと、集中して原稿にとりかかれば、明日の朝までにはなんとか仕上がる。甲野が社に戻り、なにも書かれてない原稿に気づき連絡してきたら、間違えて入れてしまった、と白を切る。原稿を取りに来ようにも、相手は始発まで待つしかない。そういう目算だった。

高林は部屋に戻ると、机に向かい煙草を一本吸った。

「どれ、そろそろ仕事をはじめるか」

高林は吸い殻が山積みになった灰皿で煙草を揉《も》み消すと、ペンをとった。

愛しのルナ

ルナと出会ったのは半年前だ。

手入れもされず、草が伸び放題になっている小さな公園の、ブランコの隅に置かれていた段ボールのなかで、ルナは泣いていた。鳴いていた、ではない。涙こそ流してはいなかったが、木枯らしが吹く晩秋の夕刻、寒さに震え、腹をすかせ、風や物音に怯《おび》えて、泣いていたのだ。目やにがこびりついた瞼《まぶた》は閉じたまま開かず、瘦《や》せ細った身体には骨が浮いていた。

生き物の本能だろうか。私がチッチッチと舌を鳴らすと、ルナは開かない目を私に向けて必死に泣いた。ルナのか細い声は、助けてください、と言っているように、私には聞こえた。

弱々しく、みすぼらしい子猫を、私は見捨てることができなかった。いや、猫好きなら誰しも、黙ってその場を立ち去ることは不可能だろう。抱き上げたルナは、片手にすっぽり収まった。手のひらに乗るほど小さかった子猫は、いまでは体重も三キロまで増え、健康に育っている。

外から帰り台所に立つと、ふっくらとしたルナがふさふさの尻尾《しっぽ》をピンと立て、小さな額を私の足に押し付けてきた。ご飯をねだる愛らしい仕草に、思わず笑みが零《こぼ》れる。

「待っててね。いま、あげるから。今日はルナが好きな、ささみ入りの缶詰を買ってきたよ」

私がルナの言いたいことがわかるように、ルナも私の言うことがわかる。待っててね、と声をかけると、オッドアイと呼ばれる左右の色が違う目を細め、前足を揃えて大人しく、ちょこんと床に座る。

中身を陶器の浅い皿にあける。床に敷いたペットマットの上に置くと、ルナはわき目も振らずに食べはじめた。ピンク色の舌を動かし、ひたむきにエサを食べる姿は、この世のどんな動物よりも愛らしい。

食欲があるのは健康な証《あかし》だ。安堵《あんど》の息を吐いて床に座り、ルナと並んで自分の夕飯のコンビニ弁当を食べる。

ルナがエサを食べ終わると空になった皿を洗い、半分ほど残したコンビニ弁当をゴミ箱に捨てる。部屋着に着替えてリビングの座椅子に座ると、すかさずルナが膝《ひざ》に乗ってきた。

私が暮らすマンションの部屋には、六畳二間と狭い台所、それにバス、トイレがついている。フローリングの部屋はリビングと寝室の兼用にし、畳の部屋は、ルナ専用に設《しつら》えてある。部屋の隅にキャットタワーを置き、真ん中には組み立てるとジャングルジムのようになる二段組みの段ボールを設置してあった。箱のところどころに穴が開いていて、猫が出たり入ったりして遊ぶのだ。

私はリビングの床に置いた猫用のブラシを手に取り、膝の上のルナにあてた。長毛のルナは、ちょっとでも気を抜くと、毛が絡まり縺《もつ》れてしまう。朝晩のブラッシングは欠かせない。

首から尻《しり》、脇、尻尾の順にブラシをかける。

ルナの被毛は、シナモンと呼ばれる赤みがかった茶色をしている。一本一本が細くて柔らかい。艶《つや》もある。光の加減で、全身が金色に見えるときもあるほどだ。

拾ってすぐに連れて行った獣医から、ペルシャの血が入っているようだね、と言われた。ネットで調べると、ルナは確かに、ペルシャの血統のチンチラゴールデンという猫に似ていた。でも、ペルシャに特徴的な、つぶれた鼻はしていない。淡いピンクの小さな突起が、顔の中央にちんまりと載っている。獣医の言うとおり、純血種ではなく、ペルシャとなにかのミックスなのだろう。

膝の上でくつろいでいるルナを、そっと撫《な》でる。

「ルナは、本当にきれいだねえ」

私が褒めると、ルナは嬉《うれ》しそうに目を細め、喉《のど》をグルグル鳴らした。

ほかの猫よりルナは、特段に美しい。そう思うのは、決して飼い主の贔屓目《ひいきめ》ではなかった。

私はルナを拾ってから、インターネットの動画投稿サイトに、ルナの動画を投稿している。観てなにかしら感動するとか、笑いが起こるようなものではない。アップしている動画は、ルナが玩具《おもちゃ》にじゃれる姿や、四肢を伸ばして寝転んでいる、ごく日常の光景だ。

珍しくもない動画だが、日を追うごとにアクセス数は増えていった。いまでは、アップした当日に、五百以上のアクセスがある。

コメントのほとんどが、ルナの可愛らしさを褒め称《たた》えるものだ。茶色いアイラインに縁どられた大きな目が愛らしい、とか、飾り毛がついた形のいい耳がたまらない、といった猫好きからの賛辞が寄せられる。

私は膝の上のルナを床に下ろすと、洗面所へ向かい、鏡の前に立った。長い髪を温めたアイロンで巻き、丁寧に化粧をする。最後に目にコンタクトを入れ、身支度を整えた。

リビングへ戻ると、チェストの上に置いてあるデジタルビデオカメラを手にした。

高鳴る鼓動を静めるため、深呼吸する。これから録画する映像は、いままでとは趣を異にするものだ。

三ヶ月前、いつものようにパソコンへ向かい、私はルナの動画に寄せられたコメントを読んでいた。そのなかのひとつに目を惹《ひ》くものがあった。

――いつもルナちゃんの動画を観て癒《いや》されています。ペットは飼い主に似ると言いますから、投稿者さまもルナちゃんのように可愛い方なのでしょうね。

可愛い方――その言葉に、私のなかのなにかが弾《はじ》けた。

私は生まれてからずっと、可愛いとか美しい、といった賛美とは無縁の生活を送ってきた。三年前に事故で亡くなった両親からも、愛《め》でられたと感じたことは一度もない。クラスメートからはブスだのキモイだの、逆の言葉はさんざん言われた。人から好かれた記憶はひとつもなかった。両親に感謝していることがあるとしたら、働かなくても、しばらく暮らしていけるだけの生命保険金を残してくれたことくらいだ。

キャッツアイ、キャットウォークなど、美しい容姿や仕草を猫に喩《たと》えた表現は限りなくある。ルナを見ていていつも感じることだが、この世で一番美しく可愛い動物は猫だと確信している。

——猫のようになれば、私も愛される。

床に座り、ルナを膝に抱いて、デジタルビデオカメラのレンズを自分とルナに向ける。

「ルナ、ほら、撮るよ。いい顔して」

私はデジタルビデオカメラのRECボタンを押した。


会社から帰宅した尚美《なおみ》は、スーツからパジャマに着替えると、パソコンを立ちあげた。いつも見ている、動画投稿サイトを開く。尚美はお気に入りの猫の、最新動画を見つけた。名前はルナ。茶色い長毛で、とても愛らしい顔立ちをしている。

期待に胸をときめかせ、動画の再生ボタンをクリックする。

飼い主の膝の上に乗っていると思《おぼ》しき、ルナの顔のアップが映し出された。茶色とブルーの魅力的なオッドアイで、こちらをじっと見ている。少し傾げた首が、たまらなく可愛い。

「こんばんは」と言う女性の声がした。猫の飼い主のものだ。

「ルナの動画を観てくれてありがとうございます。いつもたくさんの方が褒めてくれて、ルナも私も、とても喜んでいます」

ところで、と飼い主が話を切り替えた。

「今日は、ルナと一緒に、私の姿も公開しようと思います。以前いただいたコメントに、ペットは飼い主に似る、というものがありました。実は、私とルナもとても似ているんです。その姿を、今日はみなさんに観てもらおうと思います」

予期せぬハプニング映像で撮影者の顔が映ってしまった動画は見かけるが、ペットの動画を投稿している飼い主が、自分の顔を公開している映像は、あまり観たことがない。

「では、映しまあす」

カメラが女性の膝から上半身、さらに上へ移動していく。

――こんな可愛い猫の飼い主って、どんな女性だろう。

カメラ画面に現れた女性の顔に、尚美は思わず息を呑《の》んだ。

長い髪の女性が、こちらを見ている。目が、異様に大きい。化粧や付け睫毛《まつげ》で大きく見せているのではない。目そのものが巨大なのだ。目頭と目尻が、眼窩《がんか》から明らかにはみ出ている。左右の目の色が茶と青になっているのは、カラーコンタクトを入れているからだろう。ルナと同じオッドアイだ。

カメラは徐々に下がり、女性の鼻を捉《とら》えた。小鼻が開き猿のように低い鼻が、ちんまりと顔の中央に鎮座している。カメラはさらに下がり、口元を捉えた。

尚美は短い声をあげた。

鼻の下から上唇が、真ん中で分かれていた。そう、まるで猫のように——。

女性がこちらに向かって微笑む。

「どうですか。ルナとそっくりでしょう。猫のようになりたくて、整形したんです」

女性の顔がアップになる。

人と動物の愛らしさは別なものだ。それぞれのパーツをあてはめても、同じ可愛いさにはならない。

人間の顔に猫の目鼻だちをあてはめた女性の顔は異様だった。

本人は整形と言っているが、特殊メークに決まっている。そうだとしても、趣味が悪い。猫は可愛いけど、この人とは係《かか》わり合いになりたくない。

動画を最後まで見ることができず、尚美は震える手で、画面を閉じた。

データをアップした私は、再生ボタンを押して自分が映っている動画を確認した。

目頭と目尻を切開して眼孔を広げ、上唇を切ってW形にするために、三百万ほどかかった。日本の病院ではみな断られたが、外国の病院で誓約書を提出し、やっと望みが叶《かな》った。

動画閲覧のアクセス数が、見る間に増えていく。今日アップした動画を観た人たちは、いまごろ私の美しさに驚いているだろう。コメント欄に寄せられる賛辞を想像するだけで、喜びに胸が打ち震える。

私はルナに、微笑みかけた。

「どう、生まれ変わった私。ルナに負けないくらい可愛いでしょ」

ルナは私の膝に乗ると、後ろ足で立ちあがり顔を近づけた。私の捲《めく》れあがった唇をチロチロと舐《な》め、甘やかな声で鳴く。

——最高よ。

ルナの鳴き声が、私にはそう聞こえた。

泣く猫

窓の外から、猫の鳴き声が聞こえた。

消え入りそうなくらい、か細い。まだ子猫のようだ。

真紀《まき》は畳から立ち上がると、部屋の窓を開けた。ちょうど、外の空気を吸いたいと思っていたところだった。

二階の窓からは、狭い空き地が見えた。

空き地の真ん中に、白い子猫がいた。草叢《くさむら》に隠れるように座っている。なにかを求めているのだろう。ひっきりなしに鳴いている。

空き地は学校の教室の、半分ほどの広さだった。四方を建物に囲まれているせいで、日当たりが悪い。桜が咲きはじめた季節だというのに、タンポポやレンゲといった花々はなく、ところどころに、背の低い雑草が生えているだけだ。ここだけぽっかりと空洞になっているのは、バブルの頃なにかしらの理由で地上げに失敗したためだろう。

空き地を囲う建物のひとつは、五階建てのテナントビルだった。表通りに面していて、フレンチレストランやネイルサロン、北欧雑貨を取り扱う店が入っている。その左右に、ビルとほぼ同じ高さのマンションがある。残りのひとつが、いま真紀がいるアパートだ。

築四十年は経っていると思われる木造モルタルの二階建てで、ひとつの階に四世帯ずつ部屋がある。真紀の母が住んでいた部屋は、二階の突き当たりだった。

半分以上の部屋の玄関ポストに、陽に焼けたチラシの山がそのままになっている。ほとんどが空き部屋らしい。

都内で駅から徒歩二十分。家賃は五万円そこそこ。いくらコストパフォーマンスが高いとはいえ、風呂《ふろ》は無く、トイレは和式のアパートなど、借りる者はそうそういないのだろう。かつては鮮やかな緑色だったと思われる外壁は、長年の雨風に晒《さら》されてすっかり色褪《いろあ》せ、むき出しの配管はいたるところが錆《さ》びている。「グリーンハイツ」というアパートの名称が、華やかだった頃の唯一の名残のように思えた。

ふいに、子猫の鳴き声が消えた。見ると、さっきまで草叢に潜んでいた子猫の姿がない。目であたりを捜すと、親らしき白猫が、子猫を咥《くわ》えてビルの隙間に消えていくところだった。安心したのか、子猫はもう鳴き声を立てなかった。

ぼんやりと、猫の親子がいなくなった空き地を眺めていると、いきなり、コンクリートで四角く切り取られた空から、突風が吹き下ろしてきた。

咄嗟《とっさ》に肩を竦《すく》める。

空は晴れているのに、風はひどく湿っていた。辛気臭い線香の臭いで気が沈んでいるのに、さらに陰鬱《いんうつ》な気持ちになる。

滑りが悪い窓を、真紀は音を立てて閉めた。

同時に、後ろから女性の声がした。

「あんた、紀代子《きよこ》さんの身内？」

振り向くと、玄関に女が立っていた。黄色とオレンジの派手なワンピースを着ている。脚がきれいだ。

この部屋を訪ねる人間がいることに驚きながら、真紀は逆に問い返した。

「母の、お知り合いですか」

真紀の言い方がお高く留まっているように聞こえたのか、女は腕を組むと鼻で笑った。

「そう、紀代子さんのお知り合い。同じ店で働いてたの。あたしはサオリ。源氏名だけどね。ママから頼まれて、香典を置きに来た」

はじめての弔問客だ。

「どうぞ」

真紀がそう言うと、サオリは高いピンヒールの靴を脱いで、なかへ入った。

部屋の造りは、玄関とは名ばかりの三和土《たたき》と、その横にある狭い水廻《みずまわ》り。あとは、六畳間と四畳半があるだけだった。

母は六畳間で寝起きをしていたらしい。真紀が部屋に入ったとき、万年床と思われる布団が六畳間に敷かれていた。続きの四畳半は、物置部屋になっていた。時代遅れの服や埃《ほこり》を被《かぶ》った日用品で溢《あふ》れている。処分に困ったものを、ただ詰め込んでいたのだろう。

母の遺骨が置いてあるテーブルも、物置部屋に放り込まれていたものだ。小さな四角いもので、汚れを拭《ふ》いて白い布をかけると、まるで誂《あつら》えたような小ぶりの祭壇になった。

警察から連絡があったのは、四日前だった。電話を寄越《よこ》した警察官の話によると、母は勤め先の飲食店からアパートへ帰る途中、急に倒れて救急車で病院へ搬送された。救急隊員と医師は懸命に蘇生《そせい》を試みたが、一度止まった心臓が、再び動くことはなかった。

母の身元は、所持していた保険証から割れた。警察が戸籍を調べて、娘である真紀に知らせてきたのだ。

十七年も会っていない母の死の知らせを、真紀は他人事《ひとごと》のように聞いていた。母は二十歳で真紀を産み、五十五歳で死んだ。

早すぎる死を、他人は不憫《ふびん》に思うかもしれない。しかし、真紀は違った。

人は誰しも、自分の末期を考えるときがある。最期のとき、悔いなく逝《い》くのか、なにかしらの無念を抱えて息を引き取るのか。

末期における感慨は、必ずしも年齢に比例するものではない。どれだけ納得して逝けるのかは、どう生きたかによる。娘を捨て、男に捨てられることを繰り返し、好きなように生きて死んだ母は、幸せだったのではないか。真紀はそう思っていた。

昨日、母を焼いた斎場から戻ると、真紀は近くのホームセンターへ出かけた。香炉とそのなかに入れる灰、線香を買うためだ。

母の死を悼むためではなく、人の死に直面したとき、位牌《いはい》はなくても線香くらいはあげなくてはならないと思ったからだ。買ってきた線香に火をつけて手を合わせたのも、単なる儀礼に過ぎない。

遺骨は、今夜一晩だけアパートに置き、明日には母の生家があった静岡の菩提寺《ぼだいじ》に持っていく。

夫の明弘《あきひろ》は、うちに連れてきて弔えばいいのに、と言ってくれたが、真紀は夫の気遣いを断った。ふたりの幸せな空間に、一時とはいえ、母を入れたくない。真紀にとって母の存在は、骨でさえも忌むものでしかなかった。

真紀はいま、夫の実家がある茨城で暮らしている。明弘は男三人兄弟の末っ子で、家を継ぐ必要はない。いずれ家を構えなければいけないのであれば早い方がいい、そう考えて二年前にマンションを買った。

子供ができたときのことを考えて、間取りが広いタイプを購入した。毎月のローン返済額は少々きついが、自分たちの幸福な未来が詰まった家を手に入れたと思えば、節約もまた楽しく感じる。

サオリは、部屋の隅に設《しつら》えた祭壇の前に座ると、赤いハンドバッグから香典袋を出して遺骨の前に供えた。線香に火をつけて手を合わせる。拝み終わると後ろにいる真紀を振り返り、指を二本立てて煙草を吸う仕草をした。

「いい？」

「どうぞ」

サオリはハンドバッグから煙草を取り出すと、祭壇に置いてあるライターで火をつけた。二、三回大きく吸い、紫煙を吐き出すと、煙草を香炉のなかに置いた。

サオリが再び真紀を振り返る。煙草の箱を見せた。

「紀代子さん、これが好きだったから」

知らない銘柄だが、細身の箱でキラキラしたパッケージは、派手なものが好きだった母が、いかにも好みそうだった。

真紀が黙っていると、サオリは不機嫌さを声に滲《にじ》ませて言った。

「ねえ。あたしは、線香をあげにきた弔問客なんだけど。飲み物くらい出ないの？」

言われてはじめて、礼を失していたことに気づいた。慌てて流しに立つ。

弔問客はないものと思っていたが、万が一のことを考え、コンビニで缶コーヒーやペットボトルの茶を買っていた。

「お好きな方を」

真紀がそう言って、コーヒーと茶の両方を差し出すと、サオリは口を尖《とが》らせた。

「ビール、ないの？」

「すいません。気が回らなくて」

小さく舌打ちをくれ、サオリは缶コーヒーを手にすると、プルタブを開けて口にした。

喉《のど》を鳴らしてコーヒーを飲むサオリを、改めて眺めた。濃い化粧と横柄な口吻《こうふん》から、今年で三十五になる真紀より歳は上に思えたが、肌の張りと艶《つや》から、案外、年下かもしれない、と真紀は思い直した。

サオリはコーヒーを半分ほど飲むと、大きく溜《た》め息を吐いて真紀を見た。

「あんたが紀代子さんの娘だってのはすぐわかった。目元がそっくりだもん。ほら、そうやって目の端で人を見る癖もおんなじ」

真紀はサオリから目を逸《そ》らした。母とそっくりだなんて、言われたくない。

母はまわりに、自分が捨てた娘のことをどう話していたのだろうか。自分が悪者になるのが嫌で、あることないこと言っていたのではないか。

そう思うと、無性に腹が立ってきた。サオリが、自分をどんな目で見ているのか気になる。

真紀は、サオリと目を合わせないよう意識しながら訊《たず》ねた。

「あの人、私のことをどんな風に話していたんですか」

サオリの答えは意外なものだった。

「紀代子さんから子供の話なんて、ひと言も聞いてないよ。子供のことだけじゃない。あの人、自分のことはなんにも話さなかった。昔のことも、家族のことも」

真紀はとっさにサオリを見た。

サオリがまじまじと真紀を見る。

「あんたが娘だとわかったのは、目元や仕草が似ていただけじゃない。直感。客商売を長くやってると、人を見る目が肥えてくるんだ。でも、悲しいかな、男を見る目だけはいつまで経ってもダメだけどね」

言いながら、くくっと、喉の奥で笑った。

窓際の壁に背を預け、脚を伸ばしたサオリの茶色い髪が、窓から差し込む西日を受けて、金色に光る。

サオリは煙草を一本、口に咥えて火をつけた。煙を吐きながら、溜め息交じりにつぶやく。

「あたしと紀代子さん、歳は違うけど、服の好みや男の好みは似てたんだ。だから、店の女の子のなかで、お互いに唯一、付き合いがあったんだと思う」

サオリが口にした男という言葉が、真紀の古傷を抉《えぐ》った。

真紀の父親は、真紀が物心ついたときには、もういなかった。母から、真紀が生まれてからまもなく離婚したのだ、と聞いた。

「お前の父親がよかったのは顔だけ。羽振りがいいのは最初だけで、釣った魚にはななんとやらってやつだった。金はよこさないわ、お前がお腹にいるときから女を作っては遊びまわるわ。責めれば、てめえとは性格も身体の相性も悪いんだと逆ギレする。やってられるかってのよ」

　ふたりで住んでいるアパートに夜の仕事から帰ると、母は決まって同じ愚痴を繰り返した。不平不満をひとくさり吐き出すと、真紀が眠る布団に潜り込んできて、後ろから抱きしめる。真紀が手を握ると、母は涙声で言った。

「お前は優しいね。ほんとにいい子」

　頬にあたる息は、咽《むせ》るほど酒臭かった。母のだらしない姿を見るのは、好きではなかったが、狭い部屋でひとつの布団に入っていると、安らぎを覚えたことは確かだった。

　その母が、唯一の肉親である娘を捨てたのは、真紀が八歳のときだった。

　真紀が小学校三年生になった春先から、母は外泊を繰り返すようになった。

「その歳なら、ひと晩くらいひとりでいられるでしょう。あたしがお前くらいのときは、三日くらい平気だったよ」

　外泊をするとき、母はコンビニの弁当代を真紀に渡しながらそう言った。

　寝物語に聞く母の幼少期は、当時の真紀よりも孤独で悲惨なものだった。

　中学生のとき、たまたま手にした雑誌で、親子の生き方は似る、と書かれたエッセィを読んだことがある。母と母方の祖母に限っていうならば、そのエッセイは当たっていた。

読んだとき、ぞっとした。自分も母のように男に夢中になり、我が子を捨てて、子供から恨まれる人生を送るのだろうか。そう思うと怖くなった。

そのときから真紀は、異性に対して軽々しい行動を、極端に慎むようになった。付き合った男性は、いまの夫がはじめてだ。生涯、夫以外の男を知らなくていいと思っている。負の連鎖とも言える関係を、自分で断ち切る、と心に決めていた。

「ねえ」

声をかけられて我に返る。サオリは遺骨を見ていた。

「遺影、ないの？」

サオリの問いに、真紀はきっぱりと答えた。

「ありません。あの人の写真、持っていませんから」

サオリは驚いたように、真紀に顔を向けた。

「一枚も？」

肯《うなず》く。

昔は持っていた。公園のベンチに座り、母が幼い真紀を膝《ひざ》に抱いている写真だ。誰が撮ったのかはわからない。おそらく、当時、母が付き合っていた男だろう。

母は男ができると娘を捨てて、男と別れると娘を引き取りにやってきた。母に捨てられるたびに児童養護施設に預けられた。母を恨み、泣きながら写真を処分したが、その一葉だけは捨てられなかった。母と一緒に写っている唯一のものだったからだ。だが、三回目に捨てられた高校二年生のとき、破り捨てた。

母は娘から見ても、人目を惹《ひ》く容姿をしていた。若い頃の母を見たら、女性の多くが、あんな美人に生まれたかったと思うだろう。しかし、母にとっては、美しく生まれたことが災いだった。男好きの女が、男が好みそうな顔立ちと体つきをしていたことが、母の孤独な人生の根幹だったのだと思う。

最後に母と会ったのは、真紀が高校卒業を控えた春先だった。いつものように、憐《あわ》れみを乞《こ》うように肩を落として施設まで会いに来た母を、真紀は冷たく突き放した。

——あんたなんか母親じゃない。もう二度と来ないで。

母を拒絶したのは、このときがはじめてだった。なにか言いたそうだったが、母はなにも言わずに立ち去った。それ以来、母は真紀の前に姿を現さなかった。

「さて」

サオリは吸っていた煙草を、飲み干した缶コーヒーのなかに落とした。

「ご馳走《ちそう》さん」

缶コーヒーの殻を、真紀に差し出す。

真紀は急いで、自分のバッグからメモ帳とボールペンを取り出した。

「急なことで、香典のお返しを用意していませんでした。あとで送りますから、ここに送り先の住所と名前を書いてください」

サオリは首を振った。

「いらない。お返しを貰《もら》うほど、包んでないから」

「そういうわけにはいきません。礼儀ですから」

サオリは真紀をじっと見つめると、手にしていた空の缶コーヒーを乱暴に押し付けた。

「いらないって言ってるでしょ」

そう言って立ち上がり、玄関に向かう。

真紀はサオリの背に向かって訊ねた。

「あの、ほかに線香をあげに来るような人はいるでしょうか」

サオリは立ち止まると、真紀を振り返った。目が、どういう意味か、と言っている。

「明日には、遺骨を静岡にある菩提寺に持っていくんです。だから、もしあの人に手を合わせたい方がいるなら、今日だけだと伝えてもらいたくて」

我が子を捨てる女に、友人と呼べる者がいるとは思えない。だが、男ならいると思った。母と男の関係などどうでもいいが、付き合っていた男が情け深くて、線香の一本くらいあげたかった、などと後で恨まれるのが嫌だった。母に纏《まつ》わるものは、ここできっぱりと切っておきたい。

サオリは少し間を置いたあと、短く答えた。

「そんな人、いない」

思わず溜め息が出る。死んだというのに、手を合わせにきたのは義理できた仕事仲間たったひとり。そんな希薄な人間関係しか結べなかった母に、さもありなん、という気持ちが湧く一方で、孤独な女の哀しい末期を思った。

「じゃあ」

サオリが真紀に背を向け、靴を履く。玄関のドアノブに手をかけたとき、急に動きが止まった。真紀を振り返り、薄く笑う。

「いた。弔問客」

真紀は身を固くした。思い出した弔問客とは、いったい誰だろう。

訊ねようとしたとき、耳に微《かす》かになにかが聞こえた。細い針金で固い金属を擦《こす》るような音だ。それは、サオリが見つめているドアの下から聞こえてくる。

「大事なお客さんがいることを忘れてた。ごめんね」

サオリはスチール製の玄関のドアを薄く開けた。隙間から、するりと何かが部屋に入り込んだ。

猫だ。

茶色い短毛で、腹の横に白い渦巻き模様がある。首輪をつけておらず、毛が汚れて痩《や》せている。おそらく野良だ。

勝手知ったる、といった様子で部屋に入ってきた猫は、真紀に気づくと脚を止めた。身を低くして、じっとこちらを見つめている。警戒しているのだろう。

「この猫は？」

真紀が訊ねる。

サオリは猫を見つめた。

「紀代子さんが可愛がってた猫。ほら、そこに餌があるでしょ。その子がやってくると、いつもあげてた」

サオリの目の先を見ると、流しの隅に袋があった。キャットフードだった。

知る限り、母が猫を好きだった覚えはない。逆に、盛りがついた猫の鳴き声がすると、うるさいねえ、と忌々しい顔をしていた。

サオリは流しにあった浅い皿に、袋の中身をあけた。

「いっぱい食べるんだよ。ここで貰えるのは、今日で最後だから」

キャットフードを山盛りにした皿を、サオリは猫の側に置いた。

猫はキャットフードをちらりと見たが口をつけなかった。真紀の横を通り過ぎ、祭壇に向かう。

猫は祭壇を確かめるように、四方から匂いを嗅《か》いでいたが、やがて、テーブルの下に潜り込むと鳴きはじめた。

その声を聞いた真紀の肌が、粟《あわ》だった。

鳴き声は、あの細い身体からどうすれば出るのかと思うほど大きく、遠吠《とおぼ》えのように長く尾を引く。餌をねだる声でもなく、盛りがついたものとも違う。こんな猫の声は、いままで聞いたことがない。

鳴き続ける猫の声が、胸に迫る。

真紀はたまらず言った。

「やめて、やめてよ」

猫はやめない。鳴き続ける。

真紀はテーブルの側に行くと、下をのぞき込んで叫んだ。

「やめてったら！」

真紀の声に驚いたらしく、猫はすばやくテーブルから飛び出すと、開いているドアの隙間から外へ出て行った。

真紀は玄関のドアを見つめた。わけのわからない苛立《いらだ》ちが、胸に込み上げてくる。

サオリは黙って真紀を見つめていたが、腕を組むと、真紀に言った。

「よかったじゃない。泣いてくれる相手がいたんだから」

「泣く？」

文脈から、鳴く、ではないことはわかった。

サオリは不機嫌そうに真紀を見た。

「あんた、犬や猫に心がないとでも思ってんじゃないでしょうね」

動物にも気持ちがあることくらい、真紀にもわかる。だが、人の死を悼むほどの理解があるものなのだろうか。

サオリは、猫が出て行ったドアの外へ目をやった。

「植物にだって気持ちがあるって話があるくらいなんだから、あんなに可愛がられてたマキが泣くのは当然でしょう」

真紀はサオリが口にした名前に、身体が固まった。

「マキって、あの猫の……」

サオリは肯いた。

「あの猫だけじゃない。この部屋に通ってくる猫はみんなマキだった。全部おなじなんておかしい、別な名前にしたらっていっても、紀代子さんはどの猫もマキって呼んだ。いろいろつけても忘れちゃうから同じ名前がいいって笑ってた」

真紀は、身体が震えそうになるのを必死に堪《こら》えた。しかし、唇の震えだけは止められなかった。

真紀の顔を見たサオリは、なにかを悟ったようだった。しばらく真紀を見ていたが、困ったように茶色い髪を掻《か》き上げると、あのさあ、と言って下を向いた。

「さっきも言ったけど、あたしと紀代子さんは似てるところがあったから、あんたが紀代子さんからされたことは大体想像がつくし、あんたが紀代子さんを恨む気持ちもわかる。でも、世の中には、自分でもどうにもならない生き方しかできない人間がいることだけは、わかってやってよ」

情けをかけられたようで、腹が立った。八つ当たりとわかっていながら、サオリに言い返す。

「それって、どういう意味ですか。あなたの言い方だと、あの人は辛《つら》い人生を送ったみたいじゃないですか。自分の好きなように生きて死ぬ。これ以上の幸せはないと思います」

サオリは自虐めいた笑いを顔に浮かべた。

「紀代子さんの人生がどんなだったか言えるほど、深い付き合いじゃなかったけど、あんたが思ってるほど、あっけらかんとした人生じゃなかったと思うよ」

サオリは俯《うつむ》いたまま、自分のことのように語る。

「男に夢中になると、ほかが見えなくなっちゃう。男と別れたあと、自分がしでかしたことを後悔する。そんときは、もう男なんかいらないって思うけど、好きなやつができると、また突っ走る。そして別れて悔いての繰り返し。心底、自分で自分がいやになる。だから、悪い酒を呑《の》む。そりゃあ身体もダメになるよね」

サオリは顔をあげると、真紀を見た。

「別にあんたに、母親を許せ、なんて言ってるんじゃないよ。ただ、猫が泣くんだから、あんたが泣いてもおかしくないって言いたいだけ」

じゃあ、そう言って、サオリは部屋を出て行った。

真紀はしばらく、その場から動けずにいた。

やり場のない怒りと、悔しさが胸に渦巻いている。それはサオリに向けられたものではない。自分に対してだった。

テーブルの下で泣く猫を怒鳴った理由は、自分でもわかっていた。あんな母親のために、泣きたい自分がいることに、気づきたくなかったからだ。

耳の奥で、忘れかけていた母の声がした。ひとつの布団に一緒に入り、後ろから抱きしめられたときの声だ。

――お前は優しいね。ほんとにいい子。

その声を吹っ切るように頭を振ると、窓を開けた。

湿っぽい風が、頬にあたる。

下を見ると、空き地にマキがいた。前脚で顔を洗っている。真紀の視線に気づくと、二階の窓を見上げながら、ひと声、鳴いた。

マキが、ビルの隙間に姿を消す。

真紀は猫が消えた先を、見つめた。

マキが本当に泣いたのかはわからない。だが、真紀の頬は濡《ぬ》れていた。

影にそう

横なぐりの雪が顔にあたる。頰を拭《ぬぐ》うと、鼻水が凍っていた。

新潟の高田《たかだ》から新井《あらい》を抜け、岡沢《おかざわ》へ続く道をチヨは歩いていた。

親方のハツと手引きのコトエが、用を足してくるからここで待っているように、と言ってから一刻は経つ。右も左もわからない峠道に、ひとり置き去りにされたのだ。

「お母《か》っちゃ、姉さ」

声を限りに呼ぶが、風に飛ばされ消えていく。チヨには、物の輪郭がやっとわかる程度の視力しかない。微《かす》かに残る荒こぎ——雪を踏みしめたあと——に目を凝らし、跡を追った。

聞こえるのは、風の音と、風になぶられ泣き声をあげる木々の音だけだ。黙っていると余計に怖くなるから、唄《うた》うことで自分を奮い立たせる。覚えたばかりの門付け唄だ。

二番を唄い終えたとき、雪に足をとられて転んだ。大人でも難儀な雪道を、九つになったばかりのチヨが、それもほとんど目の見えないチヨが、楽に歩けるわけがない。

しかも、この旅はチヨが瞽女《ごぜ》になってはじめての旅だった。

瞽女とは、盲目の旅芸人だ。三味線を弾いて唄をうたい、報酬の銭や米をもらって暮らしている。町のように芝居も寄席もない村では、瞽女の芸は数少ない娯楽だった。

瞽女は、三、四人で一組になって旅に出る。村々を回り家へ戻るのは、ひと月からふた月、長ければ三月後だ。家といっても、生まれた実家ではない。瞽女を取りまとめている、親方の自宅へ帰るのだ。

チヨの目が見えなくなったのは、三歳のときだ。流行《はや》り病にかかり高熱が続き、治ったときには、目が見えなくなっていた。

父と母は、チヨをいたく可愛がった。幼くして目が不自由になった我が子が不憫《ふびん》でならなかったのだろう。

親方のハツが家にやってきたのは、チヨが八つのときだった。ハツはチヨを養女にほしいと言った。父と母は、チヨを手放すことを嫌がったが、ハツは諦《あきら》めなかった。お前さんたちの気持ちはわかる。だが、ふたりが死んだらこの子はどうなる。一人で生きていける道をつけてやるのが親じゃないかネ、と両親を諭した。

落ち着いてみると、ハツが言うことももっともだ、とふたりは考えたのだろう。ひと月後に両親は、泣く泣く、チヨを養女へ出した。

チヨは悔しくて、手で雪を強く握った。

——お母っちゃは、どうしておれだけをいじめるんだろう。

ハツはいつもチヨに辛《つら》くあたった。川風が吹きすさぶ冬の土手で、声が悪いと言っては喉《のど》から血が出るまで唄をうたわせた。飯もいつも麦飯で、腹いっぱい食わせてもらったことはない。裁縫もそうだ。針に糸が通せないと、目だけでなくて手も悪い子だ、と針で甲を刺された。

目がさほど悪くない目あきのコトエは、ハツに可愛がられている。稽古《けいこ》で失敗しても、チヨの半分しか叱られなかった。

えこひいきされても、チヨは泣いたことはない。弱音を吐けば、それだけで、根性無しといびられる。逃げだせば、養子縁切りの手間金を、両親が払わなければならない。親を困らせることだけは絶対にしたくなかった。だから、なにがあっても耐えた。一所懸命がんばれば、きっといつか可愛がってくれる——そう思った。

今日のこともそうだ。

昼時、瞽女宿で持たせてもらった握り飯を、神社の境内で食べた。そのとき、一緒に休ませてくれ、とひとりの男が近づいてきた。ハツは快く場所を譲ったが、それが仇《あだ》になった。男は盗人《ぬすっと》だった。隙を見て、ハツがそばに置いていた銭袋をかっぱらっていった。

途方に暮れるハツが気の毒になり、チヨは自分の銭を差し出した。養子に出る前、父親から授かったものだった。お父《と》っちゃはチヨの着物の帯に、なにかあったら使え、とわずかな銭を縫い付けてくれた。大事な銭だが、これを渡せばコトエと同じように可愛がってもらえるかもしれない、と思った。だがハツは、銭を受け取らず、それきり口を利かなくなった。気が付けば、峠道に置き去りにされていた。

チヨは、雪の上から起き上がろうとした。が、背負っている荷物が岩のように重く、身じろぎさえままならなかった。手足も悴《かじか》んで、氷のように冷たい。

激しい風の音がチヨを包む。チヨは怖さのあまり、雪に顔を埋《うず》めた。

目が見えないと、音に敏感になる。目あきの者の耳が一の音を聞きとるなら、盲目は十の音を聞きとる。音は命綱でもあるが、恐怖の対象でもある。

——みんな嘘つきだ。

チヨは心のなかで叫んだ。

今回、はじめて旅に出るチヨは、道中を歩きとおせるか不安だった。そんなチヨにハツは、なにも心配いらネ、瞽女は人さまの情けで食べさせてもらってる、頑張ってさえいれば、神様に見捨てられることはねえ、と勇気づけた。

チヨが養女に出る前の晩、父親はチヨを膝《ひざ》に抱きながら、ハツさんはいい人だから頑張って尽くせ、きっとよくしてくれる、と言いながら頭を撫《な》でた。

でも、ぜんぜん違っていた。どんなに頑張ってもハツは自分を見捨てたし、父の言葉とは裏腹に、心が捻《ね》じくれていた。

風の音が次第に遠ざかる。

——おれはこのまま死ぬんだろうか。

そう思うと、無性に悲しくなってきた。

「お父っちゃ、お母っちゃ」

吹雪に向かって叫ぶ。答える者は誰もいない。やがて音が消え、意識が途切れた。

気がつくと、暖かい部屋のなかにいた。布団の上に寝かされている。

「気がついたんネ」

傍でコトエの声がした。

自分がどうなったのか、すぐにはわからなかった。ハツとコトエに置き去りにされ、吹雪のなかをさまよった出来事は夢だったのだろうか。

「大事なくてよかったナ。安心せ。ここは今夜、泊めてもらう瞽女宿だ」

チヨの身体を気遣う言葉から、やはり夢ではなかったことに気づいた。

「おれ、死ぬとこだった」

チヨはぼんやりとした頭でつぶやいた。チヨの言葉に、コトエは落ち着いた声で答えた。

「おまんは死なネ」

「違う！」

チヨは叫んだ。運よく誰かに助けられたから命拾いしたが、あのまま倒れていたら凍え死んでいた。

「おれ、お母っちゃと姉さに、殺されるところだった」

こらえようと思っても、涙が溢《あふ》れた。チヨの手を、コトエが優しく握る。

「おまんを助けたのは、お母っちゃとおれだ」

チヨはわけがわからなかった。コトエが説明する。

峠道にチヨをひとりにしたあと、ふたりはつかず離れずの距離を保ち、チヨの前を歩いていた。チヨが歩きやすいように、草鞋《わらじ》で雪を踏みしめて道を作り、チヨがちゃんとついてきているか、何度も後ろを確認した。

「なかなかやってこないから戻ってみると、おまんが雪のなかに倒れてた。お母っちやがおまんを背負って、ここまでやってきた」

チヨはコトエの手を振り払った。

「おれが憎いなら、見殺しにすればよかった」

「だれがおまんを憎いと思うとるんかネ」

コトエはチヨを優しく諭す。

「お母っちゃがおまんにきつくあたるのは、いずれおまんが、ひとりでなんでも出来るようにならなきゃなんねえからだ。おれのように目あきの者は、縁があれば嫁にいったり、瞽女をやめてもなにかしらで食っていける。けんど、目が見えないおまんは唄って生きていくしかない。ひとりで生きねばなんねえことがどれだけ大変か、お母っちゃが一番よく知っている。だからお母っちゃは、おまんに辛くあたるんだ」

チヨは納得がいかなかった。三味線や唄を間違えて叱られるのはわかる。だが、お母っちゃのためと思って銭を出したのに、なぜお母っちゃは、自分を雪の峠道に置き去りにしたのか。

「あれは、おまんが悪い」

コトエはチヨをたしなめた。

「おまんは、自分で生きていくために瞽女になったんだろう。おまんはこれからも、困ったことがあったら親に頼るのか。銭をせびるのか」

チヨははっとした。

「お母っちゃはよく言う。目が見えない者は、他人さまに頼らなければ生きていけない。だから、迷惑をかけてはいけない。それは親でも同じだ。おまんは辛いかもしれんが、お母っちゃはおまんがこれから瞽女として生きていくために、大切なことを身を以《も》って教えようとしてるんだ」

コトエは、チヨの手を握る手に力を込めた。

「あの銭はおまんの大切なお守りだ。お父っちゃの心だ。おまんは絶対、手放しちゃなんネ」

障子の向こうから、三味線の音が聞こえた。

コトエがチヨの手を離した。

「座敷がはじまる。おれはいかねばなんネ。ひとりで寝てられるナ」

チヨは肯《うなず》いた。

コトエが部屋から出ていく。

しばらくすると三味線とお母っちゃの声が聞こえてきた。お母っちゃが唄いはじめたのは、葛《くず》の葉子別れ、という謡曲だった。人として子を生《な》した狐が、我が子を思う気持ちを唄ったものだ。

〜でんでん太鼓もねだるなよ　蝶々《ちょうちょう》とんぼも殺すなよ
何を言うても解りゃせん　道理ぞ狐の子じゃものと
人に笑われそしられて　母が名前を呼び出すな〜

チヨを養子に欲しいと言ったとき、ハツがお父っちゃを口説いた言葉を思い出した。
――一人で生きていける道をつけてやるのが親じゃないかネ。
お母っちゃの唄う声が、子守唄のように聞こえる。もっと聞いていたいが、まぶたが重い。ハツの唄を聞きながら、チヨは眠りについた。

〜母はそなたに別れても　母はそなたの影にそい　行末永《なご》う守るぞえ〜

黙れおそ松

わたしは猫である。名前はノラ。野良猫だからノラである。

今日は朝から秋晴れのいい空が広がっていて、絶好の散歩日和だった。

わたしは目が覚めると、裏路地にあるねぐらを出て、散歩に出かけた。雑居ビルの隙間をとおり、自転車置き場の後ろを抜けて、コンクリートの塀の上を歩く。いつもの散歩ルートだ。

自分の縄張りのチェックを済ませると、松野《まつの》家へ向かった。

そこには、6つ子がいる。名前は上から順に、おそ松《まつ》、カラ松《まつ》、チョロ松《まつ》、一松《いちまつ》、十四松《じゅうしまつ》、トド松《まつ》だ。

猫にはよくあることだけど、人間の6つ子はかなりめずらしい。

猫は兄弟でも柄が異なるが、彼らは同じ顔をしている。しかし、性格は違う。

おそ松と呼ばれている長男は、どうやって楽に生きていくかをいつも考えていて、次男のカラ松は、自分のカッコよさを常に追求している。

三男のチョロ松は、やたらと人に説教をする一方、光る棒のようなものを振り回して、小さな子供のように好きなアイドルを応援している。

いま、私を膝《ひざ》に乗せている四男の一松は、人間には不愛想だけど、私をとても可愛がってくれる。

五男の十四松は、いつも元気で声が大きい。わたしを見つけるといろいろ話しかけてくるけれど、なにを言っているのかわからない。わたしのプライドにかけて言わせてもらうが、その理由は、わたしが猫だからではない。この人の話は、人間にも理解不能なことが多い。

末っ子のトド松は、いい人を演じているが、底が浅いからか演技が下手だからか、常に物事を合理的に考える性根がばれてしまう。だから兄弟たちから、ドライモンスターと呼ばれている。

散歩に出たときは、必ずここに立ち寄る。運がよければ、一松からおやつの煮干しがもらえるからだ。

一松がいることを願いながら庭木を登ると、はたして、二階の窓が開いていた。6つ子の部屋だ。みんないる。

おそ松は壁に背を預けて暇そうにしているし、カラ松は窓辺に腰かけて手鏡で自分を眺めている。チョロ松はソファにもたれて求人情報誌を読んでいて、一松はソファの上で膝を抱いて座っていた。十四松は大きなバランスボールで遊んでいるし、トド松は畳の上に寝そべってスマホをいじっている。いつもの光景だ。

木の枝から屋根に飛び移り、ひと声鳴いた。

「にゃおん」

窓辺にいたカラ松がわたしに気づいた。後ろを振り返ると、身を屈《かが》めてわたしに身を乗り出した。

「おお、いつものキューティキャットじゃないか。今日も毛並みがいいな。一段ときれいだ」

わたしはカラ松の横をすり抜けて、一松の膝に飛び乗った。

「おやつをもらいに来たのか」

一松は嬉《うれ》しそうにわたしの頭を撫《な》でると、立ち上がって棚の奥から煮干しの袋を取り出した。

そばにいた十四松が、バランスボールから降りて、わたしの顔を覗《のぞ》き込む。

「あはは！　一松兄さんの友達？　こんにちは‼」

このあいだ来たとき、十四松は母親に作ってもらったホットケーキという食べ物を、座布団五枚分食べたと言っていた。その量がどれほどのものなのかよくわからないが、十四松の胃袋の大きさが尋常でないことと、おそ松に負けず劣らずのバカだということはわかる。

一松の手から煮干しをもらうわたしを、壁にもたれていたおそ松がうらやまし気に見た。

「ああ、猫はいいよなあ。毎日ふらふらしていても、誰からもなんにも言われないし、働かなくてもこうして食っていけるんだからさ」

求人情報誌から顔を上げて、チョロ松は呆《あき》れた顔でおそ松を見た。

「それを言うなら僕たちだって同じだろう。この歳になっていまでも父さんと母さんに養ってもらってるんだから。しかも六人全員。ひとりで生きてる猫の方が、むしろましだよ」

トド松は冷静な声で同意する。

「ほんと、猫以下ってどうかと思うよね」

チョロ松は鋭い視線を、おそ松からトド松へ移した。

「あのさあ、他人事《ひとごと》のように言うけど、お前も当事者だからね。合コンとか習い事とか、ひとりでいろいろやってるようだけど、ニートはニートだから」

トド松は寝そべっていた畳から勢いよく身を起こすと、チョロ松に食ってかかった。

「自意識が高くって、無駄にスキルを追い求めている人より、よっぽどいいと思うけど？」

「ねえねえ！　野球しようよ！」

いきなり話に割り込んできた十四松を、チョロ松が睨《にら》む。

「いまそんな気分じゃないから。っていうか、お前、ほんと野球のことしか頭にないよね」

「ああ〜！」

大きな声を出して、おそ松は大の字に畳に倒れた。

「ヒマだな〜！　なんか面白いことないの？　勝手に美味《うま》いもんが出てきたり、世界中の女の子にモテたり、競馬で必ず当たったりさ〜！」

大それた希望を叫びながら、おそ松が子供のように手足をばたつかせたとき、部屋に眩《まばゆ》い光が忽然《こつぜん》と現れた。

あまりの光の強さに、目をきつく瞑《つぶ》る。

光がゆっくりと弱まる気配がして目を開けると、部屋の真ん中に誰かが立っていた。

白い衣と袴《はかま》を着て、革履《かわぐつ》をはいている。長い髪を両脇でひょうたん形に結って、首には勾玉《まがたま》の首飾りをつけていた。

後光を背にするその人物は、厳かな声で言った。

「私は神です」

「神さま!?」

6つ子は畳に正座をして身を乗り出すと、揃って叫んだ。神と名乗る人物が肯《うなず》く。

「私はあなた方を救いにきました」

「救うって、いったいどうしてオレたちを……」

カラ松が不思議そうに訊《たず》ねる。神は穏やかな視線をカラ松に向けた。

「世の中には、自分の力で生きていける者とそうでない者がいます。後者の多くの者は、なにかしらのきっかけや誰かの助けを借りて生きていける。でも、あなた方6つ子は、なにがあっても、どうにもならない者たちです。神はそういう者を見捨てはしません。だから、あなた方を救いにきたのです」

こんな突拍子もない話、本来なら誰も信じないだろう。しかし、6つ子は違った。バカだからか、いままでいろんな形で散々騙《だま》されてきて、ちょっとやそっとのことでは驚かなくなっているのか、6つ子は神の言葉をなんの疑いもなく信じた。

トド松が複雑そうにぼやく。

「それって、ボクたちはどんなに足掻《あが》いても、リア充の一軍には絶対なれないってことだよね」

　その隣ですまなそうにチョロ松が項垂《うなだ》れた。

「生まれて、すみません」

　続いて一松が、ぼそりと言う。

「もう、死のう」

　カラ松は両手を広げて、感極まった声をあげた。

「おお主よ、われに力と勇気を与え給え！」

　カラ松の隣にいる十四松は、赤い繭に変貌《へんぼう》している。

　チョロ松とカラ松のあいだに座っていたおそ松は、ふたりを押しのけると、ひとり嬉々《きき》とした顔で神を見上げた。

「理由なんかどうでもいいよ。面白そうじゃん！　ねえねえ、俺たちをどうやって救ってくれんの？」

「あなた方の望みを、ひとつだけ叶《かな》えてあげましょう」

　神の答えに、６つ子の顔がぱあっと輝く。

「なんでも？」

　一斉に訊ねる。神は慈悲深い笑みを顔に湛《たた》えた。

「ええ、なんでも」

６つ子が長男から順に、自分の望みを訴えはじめた。

「やっぱ金でしょ！　石油王も真っ青なくらいの金をもらって、一生遊びまくる人生しかないっしょ！」

「ノンノン！　甘いなおそ松。オレは目に見えないものにこそ、男が生涯追い求めるロマンを感じるが」

「ちょっと待って。そもそも、答えを早急に出すのはまずいと思うよ。もっとプランニングを綿密にして、なにが真の幸福かを考慮したうえで、回答すべきだと思うな」

「……猫御殿」

「あはは！　ぼくはね〜、球団とスタジアムが欲しいなあ！　あ！　あとね〜黄金バットも!!　あはは！　ハッスルハッスル！　マッスルマッスル！」

「ねえ、もっと現実的なものにしようよ。車とか可愛い女の子とかリア充目指してさ」

六人は自分の主張を通そうと激しく言い争い、ついに殴り合いがはじまった。

その争いを収めたのは、おそ松だった。

「待て。俺、いい考え思いついた。もうこれしかないって！」

ほかの五人が振り上げていた手を止めて、おそ松を見る。

おそ松はソファの上に立つと、弟たちを見下ろしながら高らかに言った。

「俺が神さまになる！　そうすれば、望み叶え放題じゃん！」

わたしは啞然《あぜん》とした。自らが神になるなど、恐れ多いにも程がある。

床に座り込んでいたチョロ松は、立ち上がって怒鳴った。

「こんなクソ長男が神になんてなったら最悪だ！」

末っ子が同意する。

「ほんと、マジで無理！」

「死ねば」

一松が吐き捨てる。

「おそ松がなるくらいなら、オレがなる」

そう声を荒らげるカラ松の隣で、十四松は目を大きく開けたまま、なにか考え込むように宙を見つめている。

全力で自分の野望を阻止しようとする弟たちを、おそ松は宥《なだ》めた。

「まあ、落ち着けって。ここはひとつ兄ちゃんに任せろよ。俺が神さまになったら、お前たちのどんな願いも叶えてやるから！」

言い争っていても埒《らち》が明かないし、自分たちの望みが叶うのならば、と考えたのか。

五人は渋々ながらおそ松の提案に乗った。

おそ松は神の前に立つと、ぐいっと詰め寄った。

「というわけだから、俺を神さまにしてよ！」

なにかを考え込むように、神はしばし瞑目《めいもく》していたが、やがて目を開けるとおそ松を見やった。

「わかりました。ただし、ひとつ条件があります」

「条件？」

神は肯く。

「これからあなたに試練を与えます。そのあいだ、なにがあってもしゃべってはいけません。ひと言でも口を利いたら、神にはなれませんよ」

おそ松は余裕の笑みを顔に浮かべると、人差し指で鼻の下を擦《こす》った。

「なんだ、そんなことか。なんにも言わなきゃいいんだろ？　簡単、簡単」

兄弟たちが、おそ松をぐるりと取り囲み、上から順に叫ぶ。

「おそ松、オレの運命をお前に託したぜ！」

「てめー！　絶対、しゃべるな！　死んでもなんにも言うな！」

「しゃべったら、コロす」

「あはは！　おそ松兄さん、頑張って」

「一軍どころか、殿上人《てんじょうびと》！　神になったら、この世は天国！　頼んだよ、おそ松兄さん！」

　六人の心がひとつになったところで、神は姿を消した。と同時に、昼間なのにあたりが闇に覆われ、その中心からさらにどす黒い煙霧が出現した。それは角を持つ巨大な人形《ひとがた》になると、炎のように赤い目でおそ松を見た。

「おれは悪魔だ。お前はいったい何者だ。答えなければ、八つ裂きにするぞ」

　おそ松を遠巻きに見ている弟たちが、口を揃えて叫ぶ。

「しゃべるな！　言うな！」

　おそ松はその場に胡坐《あぐら》をかくと、腕を組んできつく口を結んだ。なにがあっても口を開かない意志は固いらしい。

　その姿を見て、悪魔はいやな笑いを浮かべた。

「なるほど、ではこれならどうかな」

　突然、目の前に虎が現れた。悪魔をしのぐほど大きく、獰猛《どうもう》な目でおそ松を睨みつける。

「さあ、名乗らなければ、こいつがお前を噛《か》み殺すぞ！」

藪《やぶ》の中から出てきた虎は、凄《すさ》まじい咆哮《ほうこう》をあげ、おそ松に襲いかかろうとした。

しかし、おそ松は微動だにしない。きつく目を閉じると、さらに口を固く結ぶ。

チョロ松と十四松が歓声をあげる。

「その調子だ、クソ長男！」

「よっしゃあ！　さすが、おそ松兄さん！」

「ふうむ……」

悪魔が腕を組んで座ると、虎は煙のように姿を消した。

「恐怖よりも願望のほうが強いらしいな。ではこれならどうだ」

悪魔がそう言ったとたん、おそ松のまわりに膨大な札束が出現した。ざっと見ても、一生遊んで暮らせるぐらいあることはすぐにわかる。

「どうだ。これだけの金があれば、死ぬまで贅沢三昧《ぜいたくざんまい》できるぞ」

札束に埋もれているおそ松が、ごくりと喉《のど》を鳴らした。危機を察したらしく、カラ松が叫ぶ。

「だめだ、おそ松！　惑わされるな！」

カラ松のあとにトド松が続く。

「神さまになれば、お金なんて無限に手に入るから！」

ふたりの声に、おそ松は我に返ったようにはっとすると、首を振って目を閉じた。

と同時に、札束の山がふっと消える。

「お前たちの願望は、生半可なものではないな。ではこれならどうだ」

悪魔が指をパチンと鳴らすと、スポットライトのような光の輪が現れて、そのなかに、カラ松のギターと、チョロ松が応援しているアイドル、ニャーちゃんのグッズ、猫のおやつ用煮干し、野球のバットとグローブ、トド松のスマホが現れた。

悪魔が歯を見せて笑う。

「お前の弟たちが大切にしているものだ。お前がしゃべらなければ、これらすべてを粉々にしてやる。かわいい弟たちが嘆き悲しむ姿を見たくはないだろう」

おそ松を除く五人が、一斉に悲鳴をあげる。

「オレのマイソウルが！」

「それだけ揃えるのに、どれだけつぎ込んだと思ってんの！」

「た、大切なおやつが……！」

「えーーー！　野球できなくなる!!!」

「ちょっ！　なに考えてんの！　やめてよ!!」

五人は我を見失い、泣き叫んでいる。

しかし、おそ松は平気な顔だ。まったく動じていない。

悪魔は軽く舌打ちをすると、五人の宝物をぐしゃぐしゃに破壊した。

五人の絶叫があたりに響く。悪魔はおそ松を上から斜に見下ろした。

「欲望を満たすためならば、弟たちの犠牲すら厭《いと》わないとはな。だが、これには耐えられんだろう」

言い終わるや否や、おそ松の前にふたりの人物が現れた。

ハタ坊《ぼう》とイヤミだ。ふたりは驚いた顔で、あたりを見渡している。

「ここはどこだじょー。食べかけのシャトーブリアンのステーキはどこだじょー」

ハタ坊は食事中だったのだろう。ナイフとフォークを手にしたままだ。

「いったいなんざんすか。ミーはこれからお車でドライブにいくところだったざんす。ミーをもとの場所に返してちょ！」

派手なスーツ姿のイヤミは、仁王立ちのまま悪魔に怒りをぶつける。

悪魔はふたりを鷲掴《わしづか》みにすると、自らの顔の前に持って行った。

「お前が口を利かなければ、これからこいつらを火あぶりにする。さあ、口を開け！」

悪魔の口から炎が噴き出す。

「うわーー！　熱いじょー！　助けてほしいじょー！」

「やめるざんす！　おそ松！　さっさとなにか言うざんす！　ミーたちが焼け焦げてもいいざんすか！」

ふたりは悪魔の手のなかでもがきながら、必死に叫ぶ。

ハタ坊とイヤミの運命は、おそ松にかかっている。

これにはさすがのおそ松も口を開くと思った。が、おそ松は涼しい顔で悪魔の手のなかにいるふたりを見上げている。しゃべる様子はまったくない。先ほどまで泣きわめいていた五人も同様で、あくびをしたり、雑誌を読んだり、蜜柑《みかん》を食べたりしている。まったくもって無関心だ。

思っていなかった展開に、悪魔は悔しそうに顔を歪《ゆが》めると、どこからか現れた檳榔《びろう》毛《げ》の車にふたりを押し込み、口から火を吐いて跡形もなく焼き消した。

ハタ坊とイヤミの悲鳴が聞こえなくなると、悪魔はおそ松の顔を覗き込み、口を歪めるようにして笑った。

「友人よりも自分の欲望を選ぶとは、相当なクズだな。しかし、次の試練にはさしものお前も耐えられまい」

悪魔が大きく両手を広げると、新たに現れた光の輪のなかに、6つ子の父親、松造《まつぞう》と、母親の松代《まつよ》がいた。

「父さん！　母さん！」

おそ松以外の五人が叫ぶ。

突然、召喚された松造と松代は、慌てふためきながらあたりを眺めた。

「なな、なんだ、いったい。なにがどうなってるんだ」

「買い物してたのに、どうしてこんなところにいるの？」

悪魔は松造と松代を抱え込むように身を広げると、恐ろしい声で言った。

「おそ松。お前がしゃべらなければ、このふたりの命はないぞ。この手で握りつぶしてくれる！」

松造と松代は、悪魔に向かって喚《わめ》いた。

「ええ！　命って、えぇー！」

「まだ、孫の顔も見てないのに！」

悪魔は空気が震えるほどの大声で叫んだ。

「おそ松よ、いくらお前がクズでも自分の親を見捨てることはできまい！」

松造と松代が、おそ松に手を合わせて懇願する。

「おそ松！　なんでもいいから言え！」

「母さんだけでも、助けてちょうだい！」

「は？　なに言ってんの母さん、そう言われる俺の立場は？」

おそ松は項垂れたまま、固まっている。肩の微《かす》かな震えが、心の葛藤《かっとう》を表していた。

いくらクズでも、親は大切なのだろう。

弟たちも同様だった。チョロ松が震える声で言う。

「いくらなんでも、父さんと母さんを犠牲には……」

その横で十四松が叫ぶ。

「えー！　父さんと母さんがいなくなるのはいやだよー！」

「ダディ……マミイ……」

カラ松は目に涙を浮かべている。

重い空気があたりに立ち込める。その沈黙を破ったのはトド松だった。

「でも……」

そう言いながら、トド松は隣にいる一松を見た。

「ボクたちがこのままじゃあ、父さんと母さん、ずっと苦労するよね……」

「たしかに……」

額に汗を浮かべながら、一松がつぶやく。

トド松は兄たちを見やった。

「おそ松兄さんが神さまになれば、父さんと母さんを生き返らせて、思いっきり贅沢をさせてあげられるよね」

トド松の言葉に一理あると思いつつも、やはり戸惑いがあるだろう。誰もがなにも言えずにいる。

そのとき、項垂れていた松代が、勢いよく顔をあげた。

「トド松の言うとおりね。ちょっと痛い思いをすれば、一生、幸せに暮らせるわね」

その場にいる全員が、驚いた顔で松代を見る。松造は松代に詰め寄った。

「ええー!? 母さん、それってまさか、ええー!?」

松代は取り乱す松造を無視してすっくと立ちあがると、おそ松に命じた。

「おそ松! 絶対にしゃべるんじゃないわよ!」

はたしておそ松は——おそ松は下に向けていた顔をゆっくりあげると、松代に向かって右手の親指を立てた。

まさかの展開に、悪魔は万策尽きたようにがっくりと肩を落とした。

「クズの親はクズ……俺が甘かった。約束どおり、望みを叶えてやろう」

弟たちは目を輝かせて、勝鬨《かちどき》をあげた。チョロ松、十四松、トド松が叫ぶ。

「これで一生安泰に暮らせる！」

「やったね！　おそ松兄さん！　ハッスルハッスル！　マッスルマッスル！」

「これで同世代カースト圧倒的最底辺かつ暗黒大魔王クソ闇地獄カーストの住人じゃなくなる‼　うおっしゃー‼」

誰もが力強くガッツポーズをとったとき、窓の外からおそ松を呼ぶ声がした。

「おそ松く〜ん。約束してたデートがドタキャンになっちゃったの。いまから遊べな〜い？」

トト子《こ》だ。

甘ったるい誘いの言葉に、おそ松の目がハート形に輝く。

まさか、そんな。

全員が一斉に怒鳴る。

「黙れおそ松！」

みんなが止めるより早く、おそ松は鼻の下を、伸ばして叫んだ。

「もちろんだよ、トト子ちゃ〜ん！　いま行くから、待ってて〜！」

絶望が松野家を襲う。

思いもよらなかった形で敗北したおそ松に、悪魔は腹を抱えて笑い出した。

「ははは！　お前の負けだ、おそ松！　クズの可能性と限界！　バカどもめ！　地獄へ落ちろ！」

悪魔がそう叫ぶと、底に大きな穴が開いた。

驚いて逃げようと思ったが遅かった。わたしは松野家の人間もろとも、闇のなかへ落ちた。

六人は、お釈迦《しゃか》様が手から下ろしている蜘蛛《くも》の糸にしがみついていた。遥《はる》か上には眩い極楽があり、遥か下には地獄の底が広がっている。

糸には、松造、松代、そして6つ子が、上から順にぶら下がっていた。

一番下にいるトド松が、泣きながら上に向かって叫ぶ。

「もう、おそ松兄さんのバカ！　あと少しだったのに！」

その上にいる十四松は、片手で糸につかまり曲芸師のように身体をくるくる回している。

「わっはあ！　スリル満点！」

十四松の上で、一松は涙を流している。

「怖い……」

チョロ松は、下を見下ろすと、十四松に向かって怒鳴った。

「揺らすな、十四松！　落ちちゃうだろう！」

チョロ松の上でカラ松は、片手を額にあてながら、芝居がかった声で言う。

「どこまでも不幸な、オレ。このロンリーナイスガイを救ってくれるレディはいないだろうか」

息子たちの言い争いを聞きながら、松造と松代が嘆く。

「バカだとは思っていたが、まさかここまでとは……」

「夢のような暮らしが目の前だったのに……」

底辺から這《は》い上がるせっかくのチャンスを台無しにした張本人は、がっかりした様子で溜《た》め息をついた。

「はあ、トト子ちゃんとデートできなかった」

「そっちかい!!」

全員がおそ松につっこむ。

わたしは一松の頭の上に座りながら、ひと声鳴いた。

「にゃおん——人間失格」

ヒーロー

一件記録の確認をしていた増田陽二《ますだようじ》は、名前を呼ばれて顔をあげた。

対面の机から、佐方貞人《さかたさだと》がこちらを見ている。

「なんでしょうか」

増田が訊《たず》ねると、佐方は自分の手首を指した。

「時間、大丈夫ですか」

言われて、自分の腕時計に目をやる。

正午を十分過ぎていた。

昼食をとりに出かけたのか、常に二十人近くの者がいる部屋には、佐方と増田のほかに数名しかいない。

増田は慌てて書類を閉じ、椅子から立ち上がった。

「教えていただきありがとうございます。危うく間に合わないところでした」

予定では十二時きっかりに退室し、庁舎を出るはずだった。つい熱心に書類を読み込み、時間を忘れていた。

壁際のロッカーから自分の書類バッグを取り出し、佐方のそばに立つ。姿勢を正し、頭をさげた。

「忙しいのにすみません。今日はここで失礼します」

佐方は椅子ごと、身体を増田に向けた。

「謝る必要はありません。今日は午後の公判もないし、大丈夫です」

佐方は米崎《よねさき》地検刑事部に籍を置く検事だ。米崎県は東京から新幹線で北におよそ二時間のところにある。まもなく年度が替わる時期だが、まだ暖房が必要な日がある土地だ。

佐方はいま二十六歳だ。増田の三歳下だが、話し方や態度の落ち着いた感じから、同年代かそれ以上に思える。

増田は検事の補佐役を務める事務官で、担当検事が佐方だった。検事と事務官はコンビの関係で、増田はいつも佐方とともに仕事をしている。佐方とコンビを組んで二年になるが、佐方の鋭い洞察力と深い人間性には敬意を抱いている。

今日は午後の一時から、告別式があった。

故人は阿部《あべ》幸弘《ゆきひろ》監督。享年八十一。増田が通っていた米崎市立岩舘《いわだて》高等学校で、柔道を教えていた人だ。学生のときから全国大会に出場する強豪選手で、大手企業に就職してからも実業団大会などで活躍した。

阿部が岩舘高校で柔道を教えはじめたのは、定年後だ。これからは若手の育成に力を注ぎたいと考え、母校の岩舘高校の柔道部にボランティアで指導を行っていた。

高校時代、増田は柔道部だった。

増田は三年間で、一度も選手になったことはない。それでも、阿部は熱心に指導してくれた。強いから可愛がる、弱いから放っておく、ということはなく、すべての部員に分け隔てなく向き合ってくれた。そんな阿部が、増田は好きだった。

阿部の死は、二日前に新聞の訃報《ふほう》欄で知った。

高校を卒業してから十年以上が経っている。大学時代はときどき古巣の柔道部に顔を出していたが、就職してからは仕事が忙しく、足が遠のいた。日常で阿部を思い出すことはほとんどないくらい、関係性は希薄になっていたが、これが最後の別れだと思うと、告別式には参列したいと思った。

告別式の場所は、米崎市内のセレモニーホールだった。地検からタクシーを使えば、十分で着く。

今朝は、庁舎からまっすぐ式に参列するために黒に近いスーツで出勤した。黒いネクタイは書類バッグに入れてきている。移動のタクシーの中で、つけ替えるつもりだ。

慌ただしさを考えて、一日休みを取ろうかと思ったが、佐方のことを思うとそれは憚《はばか》られた。

検事の仕事は多忙だ。常に多くの案件を抱えながら事件を捜査し、公判にも立ち会わなければならない。半日でも仕事をして、少しでも佐方の負担を減らしたいと思った。

増田は目の端で、佐方の机のうえを見た。未決の書類が山になっている。佐方は詫《わ》びる必要はないと言うが、やはり申し訳ないと思う。

うつむいたままでいる増田に、佐方は穏やかな声で言う。

「なにも心配しないで、故人とゆっくりお別れしてきてください」

佐方の心遣いに感謝しながら、増田は部屋を出た。

セレモニーホールに着いたのは、式の十五分ほど前だった。

ホールの入り口に『故阿部幸弘儀告別式』と書かれた看板がある。

窓ガラスで身だしなみを確認し、なかへ入る。

ロビーは、喪服の人たちで溢《あふ》れかえっていた。参列者の多さから、阿部監督がいかに慕われていたかが窺《うかが》える。

受付で芳名帳に名を記し、係の者へ香典を渡す。

式が行われる天の間へ向かおうとしたとき、後ろから声をかけられた。

「増田くん、久しぶり」

振り返ると、木戸彩香《きどあやか》が立っていた。木戸は増田の同級生で、柔道部のマネージャーだった。

最後に会ったのは成人式だから、顔を合わせるのは九年ぶりだ。長かった髪が短くなった以外は、なにもかわっていない。身にまとっている明るい雰囲気もそのままだ。

「モコ、来てたのか」

木戸のニックネームは、苗字《みょうじ》を別読みにしたものだ。誰がつけたのかはわからない。気づいたらみんなそう呼んでいた。

木戸は増田に、近況を訊ねた。

「増田くん、いまどこにいるの。大学は米崎中央大学《よねちゅうだい》だったよね」

頷《うなず》く。

「そこの教育学部。卒業したあと地元で就職した。モコも県内の大学だったよな。たしか米崎学院大学――」

木戸は、うん、と答えた。

「私も大学を出たあと、地元の企業に就職したの。サルースグループって知ってる?」

県内では有名な冠婚葬祭を扱うグループ会社だ。

木戸は小さく息を吐き、ロビーを見渡した。

「このセレモニーホールも、サルースの系列なんだよね。私は結婚式の担当だから葬礼にはかかわってないけれど、自分の会社が知り合いの葬儀を執り行うなんてちょっと複雑——」

そこまで言って、木戸はなにかに気づいたような顔で増田を見た。

「増田くんは、なんの仕事してるの?」

答えようとしたとき、ロビーに阿部監督の告別式がはじまるアナウンスが流れた。

ロビーにいた参列者が、天の間へ移動する。

多くの者は検事は知っているが、検察事務官といってもピンとこないだろう。告別式が迫っているいま、詳しく説明している時間はない。

「公務員だよ。役所で事務をしている」

間違ってはいない。

木戸は、へえ、と短く言う。

「安定した仕事に就いたのね」

それ以上、木戸はなにも聞いてこなかった。公務員という仕事に興味がないのか、増田に関心がないのか。そのどちらもだと思う。

会場に入ると、増田は末席についた。隣に木戸が座る。

百席ほどある椅子は、ほぼ埋まっていた。年齢はさまざまだ。増田たちくらいの者から、阿部監督と同じ年くらいと思われる高齢者までいる。

つつがなく葬儀が終わり、増田は天の間からロビーへ出た。

木戸があとをついてくる。

どちらからともなく、ロビーの隅に行き佇《たたず》んだ。

木戸がロビーで言葉を交わしている参列者たちを見ながら言う。

「こんな言い方は不謹慎かもしれないけれど、阿部監督、幸せな最期だったかもね」

葬儀での喪主の挨拶《あいさつ》によると、阿部監督の死因は心筋梗塞《こうそく》だった。朝、家の者がなかなか起きてこない阿部監督の様子を見に行くと、ベッドのなかで息絶えていた。死に顔は眠っているかのように安らかだったという。

突然の別れは辛《つら》いだろうが、前の日までいつもとかわらない暮らしをし、たくさんの参列者に見送られる阿部監督は、いい人生を歩んだのだと思う。

「ねえねえ」

木戸が横から、増田の顔を覗《のぞ》き見た。

「これからなにか用事ある？」

増田は首を横に振った。

「阿部監督の葬儀のためだけに午後の休みを取ったんだ。あとは家に帰って休むよ」

増田がそう答えると、木戸は嬉《うれ》しそうな顔をした。

「じゃあさ、夜、みんなでご飯を食べようよ」

「みんな？」

増田がそう聞き返すと、木戸は頷いた。

「そう、葬儀がはじまる前に、懐かしい顔を見つけたの。せっかくだから葬儀が終わったら一緒にご飯を食べようって誘ったんだ。葬儀のあとロビーでねって言って別れたんだけど、どこにいるかな――」

木戸は遠くまで見えるようにつま先立ちになりながら、ロビーを見渡す。

やがて木戸はなにかに気づき、遠くに向かって手を振った。

木戸の視線を追い、ロビーの奥を見る。

人のあいだから見えた顔に、増田は息をのんだ。

伊達将司《だてまさし》。高校時代にともに柔道部だった男だ。人よりひとまわり大きい身体はかわらない。短く刈った髪も同じだ。

伊達が木戸に気づいた。こちらに向かって歩いてくる。

途中まで木戸しか見えていなかったのだろう。近くまで来て、増田に気づいた。

増田を見た伊達の顔が、一瞬、曇ったように見えた。しかし、増田はすぐに見間違いだと思った。すぐそばまで来た伊達は、高校のときとかわらない、穏やかな表情だったからだ。

木戸は増田と伊達を交互に見ながら言う。

「ふたりとも驚いたでしょう。まさか、ここで会えると思っていないもんね。地元の増田くんは別として、伊達くんはこっちにいないから来てると思わなかった」

久しぶりの対面が気恥ずかしいのか、伊達は右手で鼻先を軽くつまんだ。照れたときや困ったときの伊達の癖だ。

「元気そうだな」

伊達が言う。

「ああ、お前もな」

増田が言葉を返す。

伊達は高校卒業後、群馬の八溝《はちみぞ》体育大学へ進学した。八溝体育大学は全国屈指の柔道強豪大学だ。高校時代に全国大会で活躍していた伊達は、推薦で入学した。

高校時代、増田には友達と呼べる生徒が何人かいた。好きなアイドルの話をしたり、勉強を教えあったりした者たちだ。

伊達も友人のひとりといえる。しかし、増田のなかで伊達は友人以上の存在だった。

増田は子供のころから小柄だった。身長はクラスでは前から数えたほうがいつも早かったし、いい体格になりたかったがいくら食べても身にならなかった。

けっして恵まれた体軀《たいく》とはいえない増田が、なぜ高校で柔道部に入ったのか。理由は、中学のときに読んだ漫画だった。

生まれながらにして柔道のセンスがあった少女が、自分より大きな選手をばったばったと投げ飛ばしていく柔道漫画で、その痛快さに夢中になった。

面白いと思うだけでやめておけばよかったのに、増田は自分も漫画の主人公のようになりたいと思ってしまった。

努力の天才とか、自分でも気づかない特別ななにかを持っていれば、増田の夢は叶《かな》えられただろう。しかし、増田にはどちらもなかった。先天的な能力を、一般的な練習で得られるわけもなく、増田の三年間はいち部員で終わった。

途中で部活をやめようと思ったこともある。力のある下級生から投げ飛ばされたときや、彼らが上級生の増田を追い越し選手や補欠に選ばれたときだ。自分が貧弱に思えて惨めだった。

そんな増田が三年間柔道部に残れたのは、可愛がってくれた阿部監督と伊達のおかげだった。

伊達は一年生のときから、選手に選ばれるほど強かった。

投げ飛ばされて畳に寝っ転がっていることが多かった増田にとって、いつも相手を投げ飛ばし上から見下ろしている伊達はヒーローだった。

強者と弱者。相いれないふたりだと思っていたが、なぜか伊達は増田によく話しかけてきた。

最初は気後れがしてうまく話せなかったが、伊達は気にする様子もなく声をかけてくる。やがて増田も、伊達の明るさに心をひかれ打ち解けた。

伊達と増田は、いろいろな話をした。柔道で強くなるにはどうしたらいいかといった真面目な話から、何組の誰それが可愛いといった思春期ならではの話まで、話題は多岐にわたった。

なかでも、増田が好きだった柔道漫画の話は盛りあがった。伊達もその漫画のファンで、しかもお気に入りのキャラクターが同じだったからだ。そのキャラクターの名前は、早乙女《さおとめ》。弱い脇役で、影が薄かった。だが、負けず嫌いで誰よりもがんばる。その姿が格好いい、と意見が一致した。

いつも笑っている伊達が、増田を本気で怒ったことがある。二年生のときに増田が、柔道をやめる、と言ったときだ。

いくら練習しても強くなれない。どんなにがんばっても選手になれないのはわかっている。弱い自分が情けなく、柔道を続ける意味がわからなくなっていた。

部活が終わった帰り道、自転車を引いて歩きながら言う増田に、伊達は怒鳴った。

お前は柔道が好きじゃないのか。

そう問われ、好きだ、と答えた。

投げ飛ばされてばかりだが、たまに相手から一本とったときはたまらなく気持ちがいい。だが、負けてばかりの自分が惨めで辛い。

そう言うと伊達は、お前はなんのために柔道をしているんだ、と声を荒らげた。

誰より強いとか弱いとか、そんなの関係ない。相手にかけた技が決まったときの気持ちよさだけでいいじゃないか。早乙女だってそうだろう。自分が一生懸命やれば、それでいいよ。そう、増田に詰め寄る。

社会人になり、あのころよりは大人になったいまならわかる。誰がどう思うかではなく、自分がどう感じるかだ。周りの誰もが、あいつはすごい、と言っても、本人が楽しくなければ意味はない。その逆で、みんながあいつは弱いとあざ笑っても、自分が充実していれば幸せなのだ。

しかし、高校二年生の増田は、伊達の言葉を素直に受け止めることができなかった。強いお前に俺の気持ちなんかわかるはずがない。綺麗《きれい》ごとを言うな、そう言い捨ててその場をあとにした。

その日から増田は、伊達を避けた。廊下ですれ違っても、目をあわせなかった。部活は体調が優れないから、と嘘《うそ》を吐《つ》いて休んだ。二週間後に控えた大会が終わり、みんなが落ち着いたところで、退部届を出すつもりだった。

伊達は増田を引きとめた。避ける増田をつかまえ、柔道をやめるな、いま逃げたら後悔する、と説得する。

もう放っておいてくれ、と言っても伊達は諦《あきら》めなかった。ときには家にまで押しかけ、増田を説き伏せようとした。

最初は伊達も柔道も疎ましかった。しかし、しばらく柔道から離れると、少し寂しくなった。無心に相手を投げ飛ばすことだけを考えている時間が恋しくなり、自分は柔道が好きなのだと気づいた。柔道をはじめたきっかけは、誰かに勝ちたいためではない。漫画の早乙女のように、相手と取っ組み合い、全力で立ち向かっていくのが楽しかったからだ。

そのことに気づくと、伊達の言葉が胸にすんなり入ってきた。いま、ここで自分の劣等感に負けて柔道をやめたら、この惨めさをずっと抱えていくことになる。弱くてもいい。三年間、好きな柔道を続けられたらそれでいい。

次の日、増田は部活に出た。

増田を見つけて駆け寄ってきた伊達に、やめない、とひと言だけ伝えた。伊達はそれまで見たなかで一番嬉しそうな顔で、増田の肩を強く叩《たた》いた。

それからの部活は、楽しかった。勝ち負けにこだわらず、柔道を続けられた。あのときやめていたら、きっとずっと悔いていただろう。あの出来事を思い出すたびに、伊達には感謝していた。

伊達とは、大学に進学した当初は、たまに連絡をとっていた。連絡方法は、寮の電話だった。大学では互いに寮に入っていたから、寮に電話をして呼び出してもらっていた。

伊達と連絡がとれなくなったのは、一年が過ぎたころだった。いつ電話をかけても不在で、折り返しの伝言を頼んでも一向にない。おそらく柔道で忙しいのだろう、そう思い伊達からの連絡を待つことにした。しかし、伊達からの連絡はなかった。

「お前、いまどこにいるんだ」

増田は、十年ぶりの再会を果たした伊達に訊《き》いた。

伊達が答える。

「大阪だ」

「大阪？」

驚き、つい聞き返した。

「大学、群馬だったよな。どうして大阪に？」

少し考える素振りを見せ、伊達が答えようとする。そのとき、木戸が横から割って入った。

「つもる話はあとにしよう」

時刻は四時を回っていた。ロビーにいた参列者も少なくなっている。

木戸は増田と伊達を交互に見た。

「私の知り合いで、居酒屋をやっている人がいるの。安くて美味《おい》しいんだ。夕方五時から開いているから、少し早いけどそこでご飯を食べない？」

木戸は一度、家に帰って着替えてくるという。

伊達も、宿泊しているホテルに一度戻り、木戸が言う居酒屋へ行くと言った。

増田もふたりにならい、一度部屋に戻り着替えてから店に行くことにした。

木戸が言う居酒屋『暖々《だんだん》』は、駅の近くにあった。増田の部屋から自転車で十五分あれば着く。

着替えた増田が自転車を漕《こ》いで店に着いたのは、五時ちょうどだった。

入り口にいた店のスタッフに木戸の名前を伝えると、すでに来ているという。

店は思いのほか広く、フロアに長いカウンター席とテーブル席が六つ、奥の座敷に座卓が四つ置かれていた。

木戸と伊達は、一番奥の座卓についていた。伊達は通路を背に、木戸は店の入り口が見える形で座っていた。

増田に気づいた木戸が、大きく手を振った。

増田は伊達の隣に座り、羽織ってきたジャンパーを脱いだ。

座卓には水とおしぼりしかない。注文はまだのようだ。

「ごめん、待たせたかな」

木戸が首を横に振る。

「私たちも、いま来たところ」

木戸はそばにあったメニューを開いた。

「なに頼む？　私はビール」

木戸は高校のときからおおらかだった。相手に合わせるとか、場の空気を読むということがなく、まずは自分だ。

木戸のいいところは、それが人を不快にさせないところだ。計算とか狡《ずる》さではないから、言われたほうは苦笑で終わる。

「じゃあ俺も――」

木戸に合わせてビールを頼もうとしたとき、伊達が止めた。

「今日は献杯だ。最初は日本酒にしよう」

増田ははっとした。

今日は阿部監督を偲《しの》ぶ日だ。乾杯気分でビールを頼んだ自分を恥じる。

木戸も同じように感じたのだろう。申し訳なさそうな顔をして詫びる。

「ごめん、そうだね。日本酒を頼もう」

運ばれてきた日本酒を杯に注ぎ、三人で顔を見合わせる。

献杯の音頭は、このなかで一番阿部監督に世話になった伊達が取った。

「阿部監督は素晴らしい人でした。故人を偲んで、献杯」

増田と木戸は、献杯、と唱和し日本酒を口にする。

一連の儀式が済むと、それぞれが好みの酒を注文した。木戸と増田はビール、伊達はレモンサワーだ。

食事は、木戸の知り合いという店主に任せた。店主は今日の集まりの意味を知っているらしく、厳密ではないが精進料理に近い料理を選んだ。

阿部監督の話をしながら、酒を飲む。

昔話をしながら、笑い、しんみりした。

三人とも酔いが回ってきたとき、ふいに思い出したように、木戸が伊達に訊ねた。

「ねえ、伊達くんさっき、大阪にいるって言ってたよね。仕事はなにしてるの？」

伊達は口のなかのものを、ゆっくり嚙《か》む。やがて、ごくりと飲み込み答えた。

「身体、張ってるよ」

「ええ？　それってなに？」

伊達が黙る。

なんとなく言いづらそうに思え、増田は話題を変えようとした。

「モコはなにをしてるんだ?」

木戸は増田の意図を理解しない。いまだに場の空気が読めず、さらに伊達に突っ込む。

「ねえ、なんの仕事?」

伊達はやはり黙っていたが、覚悟を決めたように木戸を見た。

「俺は――」

木戸はなにかひらめいたように、手を顔の前で勢いよく叩いた。

「わかった。お巡りさんでしょう!」

伊達が驚いたように、そのまま固まった。

木戸は早口でまくし立てる。

「伊達くんさあ、ずっとお巡りさんになりたがってたじゃない。小学校の卒業文集、覚えてる? 将来の夢はお巡りさんになる、だったよね。柔道をはじめたのも、それが理由だったよね」

増田は、木戸と伊達とは高校からの付き合いだ。しかし、木戸と伊達は、小学校からの幼馴染《おさななじみ》だった。

「ねえ、そうでしょう。当たりでしょう!」

かなり酔っているのか、木戸は思い出に浸るように遠くを見た。

「伊達くん、強かったもんね。大会で相手を次々投げ飛ばすところ、とってもかっこよかった。みんなの憧《あこが》れのヒーローだったよね」

木戸は勢いよく身を乗り出し、増田に同意を求めた。

「ねえ、増田くん」

木戸の勢いに圧《お》され、増田は頷く。

「そうだな」

伊達をヒーローだと思っていたのは本当だ。

木戸は伊達がいかに強かったかを語る。小学三年生から柔道をはじめたが、あっという間に上達し、小学六年生のときには個人で県大会上位入賞を果たした。中学校ではじめて全国大会に出場し、高校では常連となった。

木戸は感慨深げに伊達を眺めながら言う。

「伊達くんと幼馴染ってこと、私、自慢だったんだ。その話をすると大概の人は、すごいね、って驚くんだもん」

木戸の誉め言葉に、伊達はなにも答えない。

重い空気を感じ、増田は横にいる伊達をそっと見た。

伊達はレモンサワーが入った自分のグラスを、じっと見ている。唇を真一文字に結んだ難しい表情は、賞賛されている者のそれではなかった。

もしかしたら、仕事の話をしたくないのだろうか。大きなストレスを抱えていて、少しのあいだだけでも仕事を忘れたいのかもしれない。そうだとしたら、この話題は避けたほうがいい。

「なあ、あいつを覚えてるか。ほら、川島《かわしま》」

増田は柔道部だった男子生徒の名前を出した。おっちょこちょいでお調子者。柔道はさほど強くないが、いつも明るく柔道部のムードメーカーだった。川島の笑えるエピソードは山ほどある。これなら木戸ものってくるだろう。

「ああ、川島くん！　懐かしいね。ほら覚えてる？　一年生のときの合宿で夜中に抜け出して──」

増田の予想どおり、木戸は話に食いついてきた。楽しそうに、川島の失敗談をする。これで伊達も安心しただろう。そう思い胸をなでおろしかけたとき、伊達がいきなり言った。

「俺、警察官なんだ」

増田は驚いた。

せっかく話を逸《そ》らしたのに、どうして自ら戻すのか。それとも、話したくないと感じたのは増田の勘違いで、伊達は本当は話したかったのだろうか。

いきなり話が戻り、木戸も面食らったようだった。大きな目をさらに見開き、伊達を見る。

「やっぱり！」

伊達は頷いた。

「大阪府警にいる。刑事課で事件を扱っているよ」

木戸が甲高い声をあげる。

「かっこいい！」

いま、テレビのゴールデン枠で、刑事ドラマを放送している。木戸は、そのドラマの主役を張っている人気俳優のファンだという。

伊達が苦笑する。

「実際の刑事なんて、そんなにかっこよくないよ。映画やドラマと違って、地味な事務作業が大半だ」

木戸は嬉々《きき》として、伊達の謙遜《けんそん》ともとれる言葉を否定した。

「そんなことないよ。大半ってことは、そうじゃない仕事もあるってことよね。事件の犯人を逮捕したことある？」

伊達は、曖昧《あいまい》な返事をする。

「まあ」

「すごい！」

木戸は興奮した様子で、すごい、を連発する。

ひとしきり騒いだあと、木戸はふと我に返ったように伊達に訊ねた。

「でも、どうして大阪なの？」

伊達の話によると、大学時代に目をかけてくれたＯＢがいたが、その人が大阪府出身だった。面倒を見てやるから来い、と誘われ大阪府警を選んだのだという。

「木戸の言うとおり、俺は警察官になりたかった。声をかけられたときは嬉しかったよ。これもなにかの縁だと思って、大阪府警を受けた」

木戸は興味津々といった様子で、警察官について質問する。

伊達はレモンサワーを飲みながら、採用試験合格後に入学する警察学校の話や、最初に配属された交番勤務の大変さを語った。

交番勤務の警察官は、無線機や警棒、拳銃《けんじゅう》といった必携品が多く、脱着に時間がかかる。そのため、外回りの前には必ず手洗いに行くが、腹の具合が悪いときは間に合わないかと思ってハラハラするとか、迷子の犬を保護したら交番内で粗相をされたとか、交番勤務をしたことがなければわからないことばかりだった。

増田は、伊達は仕事の話をしたくないのだ、と勝手に思い込んでいた自分を心で笑った。

伊達は本当に、子供のころの夢を叶えていたのだ。きっと阿部監督も、あの世で喜んでいるだろう。なんだか嬉しくなってくる。

増田は尊敬を込めて、伊達の肩に手を置いた。

「やっぱりお前はすごいよ。昔となにもかわっていない。ヒーローだ」

新米警察官は、まずは配属先の警察署の地域課に行かされる。そこで二年間、交番勤務に就くのだ。多くの事案を経験し、警察官としての基本を学ぶためだ。ほかの部署に配属されるのは、そのあとになる。

上司に希望の部署を伝えられるが、必ずしも叶うとは限らない。まして、刑事課は警察の花形だ。希望者が多く、倍率は高い。伊達のように、交番勤務のすぐあとに刑事課へ配属されるには、よほど実績がなければ無理だ。

増田は訊いた。

「交番ではどんな手柄を立てたんだ」

気恥ずかしいのか、伊達は首を横に振る。

「手柄なんかない」

「謙遜するなよ」

増田は笑いながら、新しく運ばれてきたハイボールを口にした。嬉しい酒は進む。

「ねえねえ」

木戸が伊達を呼ぶ。

「刑事って忙しいんでしょう。急な葬儀によく来られたね。うえの人、嫌な顔しなかった？」

伊達は、いや、と首を横に振った。

「上司には言わないで来た」

「言ってない？」

増田は思わず聞き返した。

伊達が短く答える。

「有休を使った」

ああ、と木戸が納得したような声を漏らした。

「いくら恩義がある人でも、身内じゃないから忌引きにならないもんね。私用なら詳しく言う必要ないか」

　増田は怪訝《けげん》に思った。

　公務員はなにかと制約が多く、特に警察官は厳しい。有休だろうが欠勤だろうが、管轄の地域から離れるときは、いつからいつまで、どこに滞在するかを記した私事旅行届を提出する。いついかなるときも、自分の所在を明らかにするよう命じられているからだ。

　それは当然、伊達も知っているはずだ。いったいどういうことか。

　よほどドラマの主役を張っている人気俳優が好きなのか、木戸は刑事の話から離れない。伊達に再び問う。

「ねえねえ」

　木戸が先ほどと同じ言葉で、伊達を呼ぶ。

「刑事って、みんな拳銃を持ってるの？」

　正しくは持っているではなく、警察から貸し出しされるのだが、木戸にはどちらでもいいことだろう。増田はあえて訂正しなかった。

「ああ」

　伊達が答える。

「伊達くんも？」

伊達は、同じ答えを返す。

「ああ」

「へえ」

木戸が嬉しそうな顔で、語尾をあげた。斜《はす》に伊達を見て、からかう。

「まさかいまも持ってて、急に後ろから出したりして」

木戸の冗談に、伊達は失笑した。

「まさか。休みの日までは持ってないよ」

木戸の質問は尽きることがない。さらに訊ねる。

「までは、ってことは、いつもは持ってるの？」

「まあ」

伊達は言葉を濁した。

違う。

増田は、唇をきつく結んだ。

交番勤務の警察官は、通常、拳銃を所持しているが、私服刑事はそうではない。緊急事態に備える宿直のとき以外、拳銃は持ち歩かない。規則ではないが、それが慣例になっている。

本来ならば、いつなにがあるかわからない職務なのだから、自分の身を守るためにも常に所持すべきだと思う。しかし、警察上層部は、実際に拳銃が必要となる事案の発生確率より、暴発や紛失のおそれのほうが上回る、との見解から常時の所持をよしとしていない。

その考えに反対する声もあるが、実際、犯罪現場における発砲件数より、警察官本人の扱い不備による事故のほうが多いのが現状で、その声はなかなか通らない。加えて警察組織は上意下達だ。黒いものでも、上が白といえば白になる世界だ。

増田はうつむいた。

なにかがおかしい。もしかして——。

増田の様子がおかしいと気づいたのか、木戸が増田の顔を覗き込んだ。

「どうしたの、増田くん。急に黙っちゃって。酔った?」

木戸の問いには答えず、増田はゆっくりと顔をあげて伊達を見た。

険しい顔をしていたのだろう。伊達が怪訝そうに訊ねる。

「どうした?」

増田はどうすべきか迷ったが、覚悟を決めて訊ねた。

「お前が交番勤務のときの検事正、誰だった?」

伊達が眉根《まゆね》を寄せ、逆に訊き返す。

「なんだよ、それ」

「大阪地検の検事正の名前だよ。教えてくれ」

増田を見る伊達の目が厳しくなった。増田は伊達の目をじっと見つめる。

ふたりのやり取りに、木戸が割って入った。

「地検って検事がいるところだよね。ニュースで見たことある。検事正ってたしか偉いんだよね」

増田は伊達から目を逸らさずに答える。

「検事正は地方検察庁のトップだ」

伊達は答えを探しているようだった。やがて、増田から目線を外して言う。

「耳にしたことがあるはずだが、忘れてしまった。下っ端がそんなうえの人と接することはないからな」

やっぱり。

増田は奥歯を嚙みしめた。

警察と検察は違う組織だが、どちらも国の捜査機関であり、ひとつの事件は双方にまたがる。

発生した事件は、被疑者を逮捕したあと、四十八時間以内に地検に送致される。送致のケースは大きくわけてふたつある。事件の関係書類だけを送る書類送検と、逮捕された被疑者の身柄を一緒に送る身柄送検だ。

提出書類は、事件を扱った警察官が作成する。その書類の宛名は、地検の検事正だった。実際に事件を扱うのは担当検事だが、すべての送致事件は検事正宛てとなる。

このことは、警察官ならば誰もが知っている。仮に、いま現在、送致を必要としない部署にいたとしても、警察官ならば新米の交番時代に多くの送致書類を作成している。なんども書いていた名前を忘れるはずがない。

目の前の伊達が、ヒーローから欺瞞《ぎまん》者へとかわる。

やはり、間違いない。伊達は警察官じゃない。

増田の様子がおかしいことに気づいたのか、伊達は探るような目でこちらをじっと見ている。

ふたりの会話を聞いていた木戸は、へえ、と感心したような声を漏らした。

「増田くん、検察に詳しいね。そういえば、さっき公務員してるって言ってたよね。もしかして、そっち関係の仕事？」

増田は一瞬、言い淀《よど》んだが、正直に答えた。

「米崎地検で、検察事務官をしている」

「ええ、なにそれ！」

木戸は、感嘆とも問いともとれる声をあげた。

増田は端的に、検察事務官の仕事を説明した。

木戸の増田を見る目が、一気にかわる。それは、伊達を見ていた視線に近かった。興味と尊敬が入り混じっている。

「検事の補佐役か。裁判にも立ち会うんだね。大変そう。でも――」

木戸は増田と伊達を交互に見て、破顔した。

「ふたりともすごいね、旧友がそんなに活躍してるなんて、誇らしい！」

明るい木戸とは逆に、伊達の表情は沈んでいた。おそらく増田も、同じような顔をしているだろう。

楽しそうだった木戸が、急に顔を曇らせた。自分のグラスを手元で揺らし深いため息を吐く。

「なんかふたりともいいなあ、充実した人生っぽくて。私なんて毎日、他人の幸せを見せつけられるだけで、自分は寂しい独り身よ。去年のクリスマスだってひとりでフライドチキンを——」

　飲みはじめたときは陽気な酒飲みだと思ったが、本当は愚痴っぽくなるのだろうか。木戸は日常の不満をしゃべり続ける。

　増田は木戸の話が、耳に入っていなかった。

　伊達もそのようだった。返事をするでもなく、相槌《あいづち》を打つでもなく、自分の膝《ひざ》に目を落とし黙り込んでいる。

　木戸の愚痴が職場の不満から前に付き合っていた彼氏への罵《のの》りになったとき、伊達はいきなり立ち上がった。部屋の隅に置いていた上着を羽織ると、ポケットから財布を出し、一万円札をテーブルに置いた。

「先に帰るよ」

　急なことに、木戸は驚くように言った。

「ええ、もう帰っちゃうの？」

　伊達はなにも言わず、靴を履く。

　木戸は顔の前で手を合わせると、ああ、と納得したような声をあげた。

「刑事は忙しいもんね。明日も仕事なんでしょう。大丈夫、私は仕事に理解があるから引きとめたりしない。お仕事がんばってね！　でも、連絡先だけは教えていって。

また会おう」

伊達は少し寂しそうに笑った。

「こっちから連絡するよ」

木戸は脇に置いていたバッグから、手帳を出した。

「わかった。じゃあ私の連絡先を伝えておくね」

木戸は、手帳から切り取ったメモにペンを走らせる。伊達は木戸が書き終わるのを待たず、店を出ていった。

木戸が自分の連絡先を書き終え顔をあげたとき、伊達はすでにいなかった。木戸が、ええ、と不満の声をあげる。

「まだ渡してないのに」

増田は、伊達を追いかけるべきか考えていた。

このまま、嘘に気づかないふりをして見送ることもできる。そのほうが、どちらも傷つかない。

でも——。

増田は木戸の手から、連絡先が書かれたメモを摑《つか》み取った。急いで靴を履く。

「どこへ行くの？」

驚き訊ねる木戸に、増田は振り返らずに答えた。
「伊達に渡してくる。すぐ戻るよ」
増田は木戸の返事を聞かずに、店を飛び出した。
外へ出た増田は、あたりを見回した。
店は大通りから一本奥に入った裏路地にあり、目の前は一本道だった。
どっちに行った。
首を左右に巡らし、伊達を捜す。
いた。
駅へ続く道の先に、伊達の背中が見えた。
「伊達！」
誰もいない夜道に、増田の声が響く。
伊達は、足を止めて振り返った。
全力で伊達に駆け寄る。短い距離だが、酔いが回った身体にはきつい。
伊達に追いつくと、息があがっていた。背を丸め、息を整える。
どうしよう。
増田は思った。呼び止めたはいいが、いざとなると、なにを言えばいいのかわからない。

伊達が冷ややかな声で言った。

「わざわざ追いかけて言いに来たのか。嘘吐き野郎って」

増田は勢いよく顔をあげ、違う、と言おうとした。しかし、言葉は声にならなかった。伊達を罵るつもりはない。嘘を吐いた理由を知りたいだけだ。しかし、伊達にとっては嘘を見破られたことだけで、責められているように感じるのだろう。

伊達は上着のポケットに、両手を突っ込んだ。投げやりな感じで言う。

「俺、なにかヘマをしたんだろう。その道のプロのお前にしかわからないヘマを」

伊達が犯した細かい過ちを、あげつらうつもりはない。

増田は率直に訊ねた。

「お前、警察官じゃないんだろう」

伊達は遠くを見ながら黙っていたが、増田に開き直ったように笑った。

「ああ、俺は警察官じゃない。刑事でもない。だからどうした」

「だから――どうした」

増田は耳を疑った。

伊達は増田の前に仁王立ちになり、うえから斜に見下ろす。

「俺がなんだろうと、お前には関係ない。さっさと店に戻って木戸と一緒に、俺の悪口を言えよ」

増田は頭に血がのぼった。

「俺たちがそんなことすると思ってんのか。俺は木戸には、なにも言わないよ。木戸だけじゃない、誰にも言わない。このことを知っているのは俺たちだけだ」

伊達は様子を見るように黙っていたが、やがて増田に背を向けて歩き出した。

増田は急いで伊達の前に回り込み、行く手を塞《ふさ》ぐ。

伊達は迷惑そうに舌打ちをくれた。

「なんだよ」

「どうして嘘を吐いたんだ。理由を教えてくれ」

伊達はなにも言わない。増田を肩で突き飛ばし、立ち去ろうとする。

「待てよ」

後ろから、伊達の肩を摑む。

「うるせえ！」

伊達はそう叫び、肩を摑んでいる手を振り払った。増田に向かって怒鳴る。

「そんなことどうでもいいだろう！　もう二度と地元には戻らないし、お前らとも会わない」

「嫌だ！」

こんどは増田が叫んだ。

「お前がよくても、俺は嫌だ！」

気迫に圧されたのか、伊達が後ろに身を引いた。

増田は次第に哀しくなってきた。楽しいはずの再会が、どうしてこんなことになったのか。

足元に目を落とし、つぶやくように言う。

「お前の仕事なんて、どうでもいいよ。俺は、お前が嘘を吐いた理由が知りたいだけだ。苦しんでるお前を、放っておけないよ」

「俺が、苦しんでる？」

意外そうに、伊達が問う。

増田は頷いた。

「俺、この仕事に就いてから、罪を犯した人と向き合ってきた。その人たちは、みんな正直とは限らない。取り調べで嘘を吐く者もいる。事実を捻《ね》じ曲げ、過去を偽り、相手を騙《だま》そうとするんだ。嘘を吐かれると、腹が立つ。どうして本当のことを言わないのかって苛立《いらだ》つ。でも、あることに気づいてから、その気持ちが少し薄らいだ」

「あることって、なんだ」

伊達が訊ねる。

増田は答えた。

「嘘を吐くとき、人はなにかを守ろうとしているってことだ」

守るものは、人それぞれ違う。自分のプライドだったり、ほかの誰かだったり、財産だったりする。

「大事なものを失わないために、必死に嘘を吐く。そうわかったとき、みんな辛いんだなって思った」

増田は伊達を見た。

「なあ、教えてくれよ。どうして嘘を吐いたんだ」

伊達はしばらくのあいだ、増田をじっと見ていたが、やがて目を伏せた。

「俺は強くなんかない。弱かった」

言葉を絞り出すように、ぽつりぽつりといままでの話をする。

「小学生のころから柔道が強かった俺は、大学に行ったあともさらに強くなれると思っていた。全国で活躍してオリンピックにも出場できる、本当にそう思っていたんだ。

でも、うえにはうえがいるんだよな。大学に行ってそのことを思い知った」

伊達が進学した群馬の八溝体育大学は、柔道の強豪校だ。全国からたくさんの強者が集まってくる。そこで伊達は、自分の弱さを実感したという。

そこで、伊達は挫折《ざせつ》したのだろうか。

増田の想像を察したらしく、伊達は先回りをして言う。

「そんなことで、俺はへこたれなかったよ。柔道を続けてきたなかで、自分より強いやつがいるってことは、よく知っていたからな。思っていた以上に自分が弱いと知ったときは少しばかり落ち込んだが、すぐに気持ちを切り替えられた。もっと練習して夢を叶えるって努力した。でも——」

伊達はひと呼吸おいた。

「大学二年生のとき、この世の中には自分の力ではどうにもならないことがあると知った」

その日、伊達は自転車で近所のコンビニエンスストアへ向かっていた。小さな交差点に差し掛かったとき、いきなり後ろから強い衝撃を受け激しく転倒した。後ろから走ってきた車が、追突したのだ。

細道だったため、車はあまりスピードを出していなかったが、自転車ごと地面に叩きつけられた伊達は、腰椎《ようつい》と右大腿骨《だいたいこつ》を骨折し、全治二か月の重傷を負った。

伊達は淡々と言う。

「怪我は治った。後遺症もなかった。でも、もうかつてのような柔道はできなかった」

事故で傷ついた身体は日常生活を送れるほど回復し、スポーツも娯楽としてならなんでもできた。しかし、一度砕けた腰椎は、世界を目指すような負荷に耐えられなかった。

「アマチュアでもプロでも、大きな怪我から復帰した者はたくさんいる。俺は諦めなかった。絶対、前みたいに――いや、前の自分を超えようとがんばった。でも、無理だった」

腰椎は五つの骨でできている。そのなかで一番力が必要とされる骨が折れ、そこに一定の負荷がかかると神経が圧迫されてしびれを感じる。

人によっては、気がつかないほどの違和感だったかもしれない。しかし、高みを目指す伊達にとっては、大きな障害だった。

「強いやつらはいたが、事故に遭うまでは有力選手として扱われていた。それが、試合で勝つことができず、一年生にも負けるほど力がなくなり、補欠からも外されてしまった。そこからだよ、俺がかわったのは——」

自分の柔道ができなくなってから、伊達ははじめて、自分がどれほど夢にかけていたのかを知った。

すべての気力がなくなり、あらゆるものに対して関心がなくなった。ただ過ぎていく時間が辛く、かといってなにをする気も起きない。苦しさを紛らわすために、伊達は飲み歩くようになった。

金はあった。事故がすべて相手の過失になり、賠償金が入ったからだ。病院代を差し引いても、しばらく遊べた。その金で、失った夢を忘れようとした。

「でも、駄目だった。なにをしても、いくら飲んでも辛かった。悪い酒に酔っては、強かったころの自分が忘れられなくて、誰彼かまわず喧嘩《けんか》を売った。そしてあるとき、それが警察沙汰《ざた》になった」

喧嘩の相手が、警察に被害届を出したのだ。

事件は検察に送致されたが、伊達は不起訴になった。互いにかなり酒が入っていたことと、相手の怪我が軽傷だったこと、伊達も相手に殴られていたことが考慮されたからだ。

「俺は法による罪を問われずに済んだ。でも、事件を知った大学からは無期の停学処分を受けた。そして、柔道部からは退部を命じられた。すべてが嫌になった俺は、事件から一か月後に大学をやめた」

その後、伊達は群馬にある自動車販売店に就職した。

「営業をしたけれど、性に合わなかった。月のノルマは達成できなくて、上司からいつもねちねちと嫌味を言われた。その会社は二年で辞めた。その日は朝からいいことがなくて、むしゃくしゃしていた。打ち合わせの約束をすっぽかされ、立ち寄ったコンビニの店員の態度が悪かった。会社に帰ると、案の定、上司の嫌味がはじまった。気がついたら、その上司を殴っていた」

上司は警察に被害届を出し、伊達は再び送検となった。

「さすがに二度目は許されなかった。略式起訴で罰金刑だ。前科持ちだよ」

人生は、ほんの些《さ》細《さい》な偶然で成り立っている。あの日、雨が降っていなかったら、電車が遅れなかったら、店に立ち寄らなかったら、あの出来事は起こらなかったかもしれない。そんな積み重ねだ。

伊達も、その日の打ち合わせがうまくいっていたら、立ち寄ったコンビニで嫌な思いをしなかったら、いまでもその会社に勤めていたかもしれない。

「いまは、どうしているんだ」

増田の問いに、伊達は短く答えた。

「特に、なにも。前科があるやつに、まともな仕事なんかない」

定職には就かず、時給の仕事を転々としているという。

警察官のエピソードは、以前、二か月ほど勤めた警備会社にいた警察ＯＢから聞いた話だった。警察官が退職したあと、地元の警備会社などに再就職する話はよくある。かつての本職から聞いたのだ。詳しいはずだ。

伊達は項垂《うなだ》れながら、言葉を続ける。

「いまになれば、柔道ができなくなっても、別な道があったとわかる。選手としては無理だが、技を教えることはできたし、そこからほかに打ち込めるものを探すこともできた。でも、そのときの俺には、柔道がすべてだった。柔道ができなくなった俺は価値がない、誰からも必要とされない、そう思っていた。でも、そんなことはないんだよな。生きていれば、必ずどこかで、自分が信じていたものを失うことがある。そのときに、どこまでも踏ん張って這《は》い上がる力が必要なんだ。それに気づいたときは、すでに俺は前科持ちになっていた」

伊達は自嘲《じちょう》気味に笑い、増田を睨《にら》んだ。

「どうだ、これでも俺はヒーローか。哀れだろう。がっかりしただろう。笑えよ。惨めなやつだって蔑《さげす》めよ」

「そんな――」

言い返そうとする増田の言葉を、伊達は遮る。

「お前は立派だよ。きちんとした仕事について、真面目に働いて。検察に勤めているお前からすれば、俺なんて社会の底辺の人間なんだろう。さっさといなくなればいい、そう思ってるんだろう。なあ、そうなんだろう」

「違う！」

増田は叫んだ。

「違うよ。そんなこと思ってないよ」

仕事柄、増田は罪を犯した多くの者を見てきた。その誰もが、それぞれの事情を抱えている。理不尽な人生に振り回され、気持ちが大きく歪《ゆが》んでしまった者もいるし、自分の怠惰で社会から外れてしまった者もいる。でも、その誰もが心の底では、豊かな人生を送りたいと願っているのだ。

「みんな、辛いんだ。幸せになりたいのに、どうしたらそうなれるのかわからずに苦しんでいる。そういう人たちを、俺は馬鹿になんかできない。それに、俺はお前が言うほど立派じゃないよ」

検察事務官になったのには、正義のためとか平和な社会の実現のためとかいった崇高な志があったからではない。人生をかけて打ち込めるものが見つからず、公務員なら安定した人生を送れるだろうという、極めて打算的な理由からだった。加えて、仕事の能力も優れているか、と問われたら頷くことはできない。

「検察事務官になってからわかったことだけど、この仕事は人を深く見ることが求められるんだ。なぜこの人が罪を犯したのか、そこに事件の真実があるから」

伊達は真面目な顔で、増田の話を聞いている。

なんだか気恥ずかしくて、増田は伊達から目を逸らした。話を続ける。

「いまの話、一緒に仕事をしている担当検事から教わったことなんだ。その検事は年下だけど、俺なんかよりよほど人間ができてる。人の心の奥底に目を凝らし、どうして事件が起きたのかを突き止めていくんだ。その人のおかげで、誤った方向へ進みかけていた事件が正しく裁かれたこともある。その人を見てると、自分の未熟さに情けなくなるよ」

増田は、伊達に目を戻した。

「お前だけじゃないよ。自分に自信があるやつなんていないよ。あったって、そんなの一時だ。自信がなくて、できるやつを羨《うらや》んで、そんな自分が嫌で落ち込む。でも時々、自分も捨てたもんじゃないって思うときがある。そして、またがんばる。その繰り返しだよ」

伊達の目を見据え、腹に力を込める。

「前科がなんだよ。なにか言うやつがいても、放っておけよ。いまのお前を見てくれる人だけ相手にすればいい。そうすれば、お前がなりたい自分になれるよ」

伊達は怖い顔で増田の顔をじっと見ていたが、やがて乱暴に背を向けた。なにも言わず歩き出す。

増田は急いで追いかけ、木戸の連絡先が書かれたメモを、伊達が着ている上着のポケットに捻じ込んだ。

「木戸の連絡先だ」

伊達はメモを入れられたポケットに目をやったが、確認はしなかった。再び歩き出す。

増田は、伊達の背中に向かって大きな声で言う。

「伊達、木戸に連絡しろよ。俺でもいい。実家の電話番号、覚えてるか。職場に手紙をくれてもいい。なんでもいいから連絡よこせ」

伊達は振り返らない。

増田は叫んだ。

「早乙女、覚えてるか」

伊達の足がとまる。

「俺たちが好きだった漫画のキャラクターだよ。お前、俺が柔道をやめるって言ったとき、早乙女のように一生懸命やればいい、って言ったよな。その言葉、そのままお前に返すよ。人がどう言おうと、どんな仕事をしててもいいよ。お前が一生懸命生きていれば、それでいいよ」

伊達は返事をしなかった。黙って歩き出し、道の奥へ消えた。


一件記録の確認をしていた増田陽二は、名前を呼ばれて顔をあげた。

対面の机から、佐方貞人がこちらを見ている。

「なんでしょうか」

増田が訊ねると、佐方は自分の手首を指した。

「時間、大丈夫ですか」

言われて、自分の腕時計に目をやる。

正午を十分過ぎていた。

ほかの者はすでに昼食をとりに出かけたらしく、部屋には佐方と増田のほかに数名しかいない。

増田は慌てて書類を閉じ、椅子から立ち上がった。

「教えていただきありがとうございます。これから昼食に行ってきます」

部屋を出ようとした増田に、佐方が声をかける。

「大丈夫ですか」

振り返ると、心配そうな顔で佐方が増田を見ていた。

笑顔を作り、答える。

「もちろんです」

増田の虚勢を見透かしているのだろう。佐方はなにも言わない。問いただすような目で、増田をじっと見ている。

人一倍、人の心を読み取る佐方が、このところの増田の気落ちに気づいていないはずはない。気づかれないようにしてきたつもりだが、もうごまかせない。

増田は諦めの息を吐き、席に戻った。佐方に詫びる。

「すみません、ご心配をおかけして――」

佐方が言う。

「恩師の告別式に参列してから、増田さんが沈んでいて、ずっと気になっていました。立ち入ったことを訊くのも憚られて様子を見ていましたが、さすがにちょっと心配で――」

伊達と別れた夜から、半月が経っていた。伊達から連絡はない。

増田は告別式の夜にあったことを、短くまとめて佐方に伝えた。

「あの夜からずっと、考えているんです。伊達を呼び止めてよかったのか、どうか。どのような理由があっても、伊達を傷つけ辱めたことにかわりはありません。嘘を飲み込んだまま、別れたほうがよかったのかって――」

黙って話を聞いていた佐方は、短く答えた。

「嘘の先には、嘘しかありません」

増田ははっとした。

以前、扱った事件の被疑者に佐方が言った言葉だ。被疑者の男は、ある少年を庇《かば》い、無実の罪をかぶろうとした。しかし、それは少年のためにはならない。さらに大きな罪を犯すために手を貸しているようなものだ、そう佐方は言った。

「仮に、増田さんが友人を引きとめなかったとしましょう。友人の嘘に気がつかなかったと仮定してもいい。たしかにその場は、なにごともなく済んだでしょう。でも、嘘を吐いた友人の胸には、ずっとわだかまりが残る。なぜなら、すべての人間を騙せても、本人だけは自分が嘘を吐いているとわかっているからです。世間を偽ることはできても、本人はずっと苦しむ」

たしかにそうだ。すべての人間を騙せても、自分だけは偽れない。

佐方は、増田に訊ねた。

「増田さんは友人に、そんな人生を送らせたいですか?」

別れた夜の、伊達の辛そうな顔が蘇《よみがえ》る。

伊達に、そんな辛い人生を送ってほしくない。なんの仕事で、どのような暮らしをしていてもいい。伊達にはかつてのように胸を張り、笑っていてほしい。

増田は、佐方に向かってきっぱりと答えた。

「いいえ」

佐方が満足したように、微笑む。

増田も笑った。

自分は間違っていなかった。あの夜、伊達を追いかけてよかったんだ。

すっきりしたら、腹が減ってきた。

一度戻した尻《しり》を、再びあげる。

「昼食、食べてきます」

そう言って机を離れかけたとき、増田の前にある固定電話が鳴った。液晶画面に、交換の番号が表示されている。

増田は電話に出た。

「はい、刑事部」

交換の女性は、増田に木戸と名乗る者から電話が入っている、と伝えた。

「木戸から？」

驚いた増田は、思わず口に出した。

大きな声だったのだろう。仕事をしていた佐方が、勢いよく顔をあげて増田を見た。

慌てて平静を装い、自分が増田だと名乗る。電話が繋がると、受話器から木戸の声がした。

「増田くん、職場にごめんね」

木戸はそう詫びてから、いまなら昼休みだから大丈夫だと思った、と増田に言った。

声の背後で、車が行き交う音がする。おそらく、外からかけているのだろう。

「なにかあったのか」

増田は訊ねた。職場にかけてくるなど、よほど重要な用事なのだろう。

木戸は興奮した声で答える。

「伊達くんから、手紙がきたの」

増田は息をのんだ。

木戸の話では、昨日、家に帰ると自分宛てに伊達から手紙が届いていた。手紙の内容は、告別式の夜に、伊達が増田に語ったのとほぼ同じものだった。

木戸は怒ったように、増田に訊ねる。

「増田くん、このこと知ってた？」

伊達と別れて店に戻った増田は、木戸に本当のことを伝えなかった。いまさら、あの日のことを言っても意味はない。知らなかった、と答える。

木戸は伊達への不満をまくし立てる。

「あれだけ人を喜ばせておいて、いまさらあれは嘘でしたってひどいよね。もうがっかり」

ひとしきり文句を言って気が済んだのか、木戸が落ち着きを取り戻した声で言う。

「まあ、でも次に会うときは伊達くんが奢《おご》ってくれるっていうから、それで許してあげる」

伊達の手紙には、いつになるかわからないが、こんど地元に行くときは飯を奢る、そう書いてあったという。

いつでもいい。何年かかってもいいから、伊達が朗らかに笑えるようになればいい。

用件を伝え終えた木戸は、電話を切ろうとした。増田も受話器を置こうとしたとき、木戸が慌てて呼び止めた。

「待って、増田くん。言い忘れてた」

もう一度、受話器を耳に戻すと、木戸が言った。

「手紙の最後に、増田に早乙女はいつまでも俺たちのヒーローだって伝えてくれ、ってあったの。ねえ、早乙女って誰？ 有名なアイドルとか俳優？」

増田は受話器を握りしめた。

嬉しさで胸がいっぱいになる。

いつか、伊達とうまい酒が飲みたい。木戸の文句を聞きながら、笑いたい。そう強く思う。

電話を切ると、佐方が増田を見ていた。

断片的な話から、概《おおむ》ね内容を察したらしく、微笑んでいる。

増田は佐方に、頭をさげた。

なぜ自分に頭をさげるのかわからないらしく、佐方が戸惑った顔をする。

あの夜、伊達を呼び止められたのは、佐方がいたからだ。ともに仕事をし、佐方から学んだものが、増田を動かした。

「俺、がんばります」

伊達はこれから、懸命に人生をやり直すだろう。その伊達に負けてはいられない。

唐突な宣言に、佐方は困惑した様子で曖昧に返事をした。

「ああ、はい」

増田は部屋を出た。

食堂へ続く廊下を歩きながら、増田は窓の外を見た。

庁舎の敷地内の桜が、芽吹いている。

伊達と酒を飲むときは桜の時季がいい、ふと、そう思う。寒さを乗り越えて咲いた花を、一緒に見たい。

増田は口元が自然に綻《ほころ》んでくるのを、おさえられなかった。

解説

吉田《よしだ》大助《だいすけ》（ライター）

本書は、大藪春彦《おおやぶはるひこ》賞受賞の「佐方貞人《さかたさだと》」シリーズ、日本推理作家協会賞受賞の「孤狼の血」シリーズなどで知られる、柚月裕子《ゆづきゆうこ》の二〇二四年春現在唯一となる独立短編集だ。作家は第七回『このミステリーがすごい！』大賞受賞のデビュー作『臨床真理』（二〇〇九年刊）以来、長編および連作短編集を基軸に活動してきたため、単発で発表した短編は少なく、初期に集中している。そのため本書を、柚月裕子のアーリーワークス＋αと位置付けることができるかもしれない。貴重かつ、この作家が初期の頃からエンターテインメント精神に溢《あふ》れていた事実と共に、尽きせぬ挑戦心の持ち主であることが示された一冊だ。そして、第一編から第十編までのアーリーワークスと、＋α（最終第十一編）を比較検討してみることで、作家の変わった部分と変わらない部分について思いを到す……そんな読み方ができる一冊にもなっている。

アーリーワークスは、三つのタイプに分けられる。一つ目は、本書の表題作となる

第一編「チョウセンアサガオの咲く夏」に象徴される。

山間《やまあい》の田舎町にある実家で暮らす三津子《みつこ》は、認知症で半分寝たきりの母・芳枝《よしえ》を看病している。往診にやって来たかかりつけ医の平山《ひらやま》は「三津子ちゃんはほんとに偉いなあ」と献身ぶりをねぎらいながら、母を施設に預けるという選択肢もあるとほのめかし、新しい人生を共にする男性も紹介できると伝える。しかし、三津子はきっぱり断る。「先生のお心遣いはありがたいんですが、私、いまのままでええんです。母は手がかかる私を、ずっと大事に育ててくれました」。その恩返しがしたいのだ、と。三津子の唯一の趣味は、園芸だ。真夏の庭には今、チョウセンアサガオの白い花が咲いている。毒性を持つ植物であるため、手入れは慎重に行わなければいけなくて――。おそらく読者は最終盤で二度、驚くことになるだろう。いや、一度目の時は「やっぱりね」と思っているかもしれない。主人公の関係性に潜む秘密を当てたつもりになっているからこそ、その数行後に訪れる二度目の驚きが倍増する。

本作の初出は、『5分で読める！　ひと駅ストーリー―夏の記憶―東口編』という書き下ろし文庫アンソロジーだ。柚月裕子のアーリーワークスの多くは、『このミステリーがすごい！』編集部の編纂《へんさん》による「5分で読める！」シリーズのために書き下ろされた。短い文字数の中で読み手に満足感を与えるには、どんでん返しを仕掛けるのがうってつけ。編集部からの要請もあったであろうが、作家自身もワクワクしながらどんでん返しを考案し、細部に至る演出を磨き上げている様子が見て取れる。「ミステリー」の看板が付いた新人賞出身である作家の、面目躍如と言える短編群だ。

二つ目のタイプは第二編「泣き虫の鈴《みす》」に象徴される、ミステリーとしてのサプライズは控えめにし、人間ドラマを繊細かつ爆発的に描き出した短編だ。

大正八年生まれ、今年で十二歳になる主人公の八彦《やひこ》は郷里を出て、養蚕業を手広く営む豪農・本多《ほんだ》家にて住み込みで働いている。家族を助けるためにという父の頼みで奉公に出たが、いじめにも遭いしんどい毎日だ。辛いことがあると裏山のお稲荷《いなり》さんにやってきて、郷里を出た際に母親からもらった赤い紐《ひも》のついた鈴を「チリン、リン、リン」と鳴らす。その音色の心細さが、八彦の心情を如実に表している。主人公の感情を直接書かず風景に託《たく》す、情景描写が抜群にエモーショナルだ。

孤独に苛《さいな》まれ生きる気力を失っている八彦の心情は、蚕たちの生命力と魅力的なコントラストをなしている。〈蚕が桑の葉を食べるしゃくしゃくという音は、蚕室から離れたところにある八彦の寝室まで聞こえてきた。休みなく餌を求める蚕に、奉公人と傭人《ようにん》たちは、不眠不休で桑の葉を与える〉。そんな日常に、新たな音が入り込む。瞽女《ごぜ》が奏でる三味線と唄《うた》だ。瞽女とは、二、三人で組をつくり旅をする盲目の女芸人。

この日やって来た三人組のうちの一人は自分よりも幼い少女で、彼女の背負っている運命を知って心が動かされ……。

本作は小説誌「読楽」二〇一三年五月号に、大藪春彦賞受賞第一作として発表された。柚月裕子という作家の全体像を捉《とら》えるうえで、極めて重要な短編だ。私見では、以降は長編『慈雨』（二〇一六年刊）で人間ドラマを重視するトライアルがなされ、以降はミステリーと人間ドラマの配分が作品ごとに変動するようになった――現段階でもっとも人間ドラマに配分が寄った作品は、「初の家族小説」と銘打たれた最新長編『風に立つ』（二〇二四年刊）――と捉えていたが、実はそれよりずっと前に書かれていたのだ。作家自身にとっても思い入れの深い短編であったことは、本作の執筆背景を巡り、「自然と人生」と題したエッセイを書き残していることからも明らかだ（二〇二三年刊のエッセイ集『ふたつの時間、ふたりの自分』収録）。なんと作家は、瞽女に関する資料を読み込んだ後、瞽女たちの歩いた旅路を実際に辿《たど》ってみたのだという。そこで得た発見や感慨が、小説の中に溶かし込まれている。気になる方はぜひエッセイ集をめくってみてほしい。

では、三つ目のタイプはどんなものか？　第十編「黙れおそ松」で示された、無茶振りに完璧《かんぺき》に応えるプロ作家としての仕事だ。

赤塚不二夫《あかつかふじお》のギャグ漫画『おそ松くん』を原作に、主人公の六つ子を小学五年生から二十歳のニートに設定変更したテレビアニメ『おそ松さん』。本作は、文芸カルチャー誌「ダ・ヴィンチ」の『おそ松さん』特集のために書き下ろされた、スピンオフ小説だ。作家自身が『おそ松さん』好きを公言していたとはいえ、オファーした側も無茶だが引き受けた側も無茶。ところが、『おそ松さん』の設定を生かし切り、オリジナルギャグを連発しながら、著者らしいサプライズ満点の物語に仕上げている。

以上のように、第一編から第十編までのアーリーワークスは、「ミステリー（どんでん返し）」「人間ドラマ」「プロ仕事」の三つのタイプに分けられる。その先で、四年数ヶ月のインターバルを置いて執筆されたのが最終第十一編「ヒーロー」だ。

おそらく作家は自身初の独立短編集を編むにあたり、一冊を締めくくるような短編にしよう、と考えを巡らせたのではないかと思う。その結果、「ミステリー（どんでん返し）」と「人間ドラマ」が融合し、なおかつ作家にとって二枚看板の一つで新作が常に待望されている「佐方貞人」シリーズではあるものの、本線ではまず書けないような脇の登場人物を主人公にしたスピンオフ、という「プロ仕事」を実現させた。

米崎《よねさき》地検刑事部の検事・佐方貞人の仕事を補佐する、検察事務官として働く増田陽二《ますだようじ》の物語だ。高校時代の柔道部の監督の告別式に参列したところ、柔道部仲間でありかつて自分を支えてくれた「ヒーロー」、伊達将司《だてまさし》と再会する。同級生の木戸彩香《きどあやか》を交えて飲みに行くと、伊達は大阪府警で刑事をやっていると話し出したが、徐々に違和感が生じる。一部に関してはディテールまで異様に詳しいのに、他の部分はまるでウソなのだ。何かがおかしい――。

この一編には、アーリーワークスのみならず、多くの柚月裕子作品に通底する登場人物間のアクション＝ドラマが克明に記録されている。それは、継承だ。増田が佐方貞人から受け取っていた言葉や態度が、伊達の人生に染み込み、こわばった心を溶かしていく。〈あの夜、伊達を呼び止められたのは、佐方がいたからだ。ともに仕事をし、佐方から学んだものが、増田を動かした〉。読者の内側にも、柚月裕子の作品から受け取ったものが宿っているに違いない。その経験と記憶が、人間を見る目を養い、いつか運命を動かす糧となるかもしれない。キャリア十五年にして唯一の独立短編集を締めくくる本作は、柚月文学の真髄を感じさせる一編となった。

作家は進化し続けている。今夏には、「佐方貞人」シリーズの最新長編の連載が始まるという。次はどんな挑戦が行われるのか？　初期衝動と真髄が記録された本書を読み返しながら、楽しみに待ちたい。

本書は、二〇二二年四月に小社より刊行された
単行本を加筆修正のうえ、文庫化したものです。

目次・扉デザイン／片岡忠彦

チョウセンアサガオの咲《さ》く夏《なつ》

柚《ゆ》月《づき》裕《ゆう》子《こ》

令和6年 4月25日　初版発行

発行者●山下直久

発行●株式会社KADOKAWA
〒102-8177　東京都千代田区富士見2-13-3
電話　0570-002-301(ナビダイヤル)

角川文庫 24138

印刷所●株式会社暁印刷
製本所●本間製本株式会社

表紙画●和田三造

●お問い合わせ
https://www.kadokawa.co.jp/ (「お問い合わせ」へお進みください)
※内容によっては、お答えできない場合があります。
※サポートは日本国内のみとさせていただきます。
※Japanese text only

ISBN 978-4-04-114324-7　C0193

角川文庫発刊に際して

角川源義

第二次世界大戦の敗北は、軍事力の敗北であった以上に、私たちの若い文化力の敗退であった。私たちの文化が戦争に対して如何に無力であり、単なるあだ花に過ぎなかったかを、私たちは身を以て体験し痛感した。西洋近代文化の摂取にとって、明治以後八十年の歳月は決して短かすぎたとは言えない。にもかかわらず、近代文化の伝統を確立し、自由な批判と柔軟な良識に富む文化層として自らを形成することに私たちは失敗して来た。そしてこれは、各層への文化の普及滲透を任務とする出版人の責任でもあった。

一九四五年以来、私たちは再び振出しに戻り、第一歩から踏み出すことを余儀なくされた。これは大きな不幸ではあるが、反面、これまでの混沌・未熟・歪曲の中にあった我が国の文化に秩序と確たる基礎を齎らすためには絶好の機会でもある。角川書店は、このような祖国の文化的危機にあたり、微力をも顧みず再建の礎石たるべき抱負と決意とをもって出発したが、ここに創立以来の念願を果すべく角川文庫を発刊する。これまで刊行されたあらゆる全集叢書文庫類の長所と短所とを検討し、古今東西の不朽の典籍を、良心的編集のもとに、廉価に、そして書架にふさわしい美本として、多くのひとびとに提供しようとする。しかし私たちは徒らに百科全書的な知識のジレッタントを作ることを目的とせず、あくまで祖国の文化に秩序と再建への道を示し、この文庫を角川書店の栄ある事業として、今後永久に継続発展せしめ、学芸と教養との殿堂として大成せんことを期したい。多くの読書子の愛情ある忠言と支持とによって、この希望と抱負とを完遂せしめられんことを願う。

一九四九年五月三日

角川文庫ベストセラー

凶犬の眼　柚月裕子

マル暴刑事・大上章吾の血を受け継いだ日岡秀一。広島の県北の駐在所で牙を研ぐ日岡の前に現れた最後の任俠・国光寛郎の狙いとは？　日本最大の暴力団抗争に巻き込まれた日岡の運命は？『孤狼の血』続編！

暴虎の牙 (上)(下)　柚月裕子

広島のマル暴刑事・大上章吾の前に現れた、最凶の敵。ヤクザをも恐れぬ愚連隊「呉寅会」を束ねる沖虎彦の暴走を止められるのか？　著者の人気を決定づけた警察小説「孤狼の血」シリーズ、ついに完結！

小説 孤狼の血 LEVEL2　原作／柚月裕子　映画脚本／池上純哉　ノベライズ／豊田美加

呉原東署の刑事・大上の遺志を継ぎ広島の裏社会を治める刑事・日岡秀一。だが出所した五十子会の〝悪魔〟上林により再び抗争の火種が。完全オリジナルストーリーの映画「孤狼の血 LEVEL2」ノベライズ。

蟻の菜園 ―アントガーデン―　柚月裕子

結婚詐欺容疑で介護士の冬香が逮捕された。婚活サイトで知り合った複数の男性が亡くなっていたのだ。美貌の冬香に関心を抱いたライターの由美が事件を追うと、冬香の意外な過去と素顔が明らかになり……。

臨床真理　柚月裕子

臨床心理士・佐久間美帆が担当した青年・藤木司は、人の感情が色でわかる「共感覚」を持っていた……美帆は友人の警察官と共に、少女の死の真相に迫る！　著者のすべてが詰まった鮮烈なデビュー作！